王と月2

アルフレッド
アルフレディア国の若き国王。
威圧感あふれる赤い瞳を持ち、
圧倒的な美貌を誇る。
真理を「小動物」と呼び、
時に激しい執着心を見せる。
青井真理（アオイマリ）
裏山に星を見に行く途中、
異世界にトリップしてしまう。
後宮に入れられ、何かと王に
構われるうちに、彼を理解しよう
という気持ちが芽生えてきた。
登場人物
紹介

グレゴル
王の側近の一人。
真理のことを
疎ましく思っている。
ウェンデル
後宮で暮らす貴族令嬢。
王に気に入られている
真理を目の敵にしている。
イルミリア
真理に仕える貴族女性。
頼れるお姉さん的存在で、
真理に慕われている。
イマール
王の一番の側近である、
物腰柔らかな紳士。
王に振り回されて
いつも苦労している。
ユーリス
王の、年下の叔父。
天真爛漫な美形で、
真理がお気に入り。

目次

王と月2

プロローグ

私の名前は青井真理。十九歳の日本人だ。

生まれも育ちも日本である私は、ある日突然、異世界へトリップした。

裏山に星と月を見にいく道の途中、気が付けば、ここアルフレディアという国にいたのだ。

この国を総べるのは、美麗なるアルフレッド王、二十三歳。思わず見惚れるほどの美貌に、印象的な赤い瞳を持つ。まさに王者の威圧感を醸し出している人物だ。

そんな王の胸元に落下したのだから笑えない。しかも、そこでは大事な式典の最中だったらしい。いきなり出現した理由を尋問されたが、そんなのこちらが聞きたい。

やがて、私は自分が異世界トリップしたことを知った。なぜなら、私が、『時折現れる異世界人』と告げられたからだ。

そしてなぜか、後宮に入れられてしまった。しかも、私が小柄なせいか、王から『小動物』と呼ばれるようになる。

人の呼び名をそんなものにするなんて、あんまりじゃないか⁉　コンプレックスを刺激されてムッときた私は思わず、王を睨んでしまった。

そこから私の生活は一変したのだった。

まず、夜になったら、王が私の部屋にやって来るようになった。だけど、後宮の女としての務めは強要されない。王がベッドで、私がソファで眠る日々が続いた。

そして、王は私を事あるごとに構ってくるようになった。

私を構っている時の王は、美麗な顔に意地の悪そうな笑みを浮かべ、実に楽しそうだった。それが悔しくて、憎まれ口を叩く私に、面白がった王がちょっかいを出してくるという繰り返しだ。

そんなある日のこと、時間を持て余していた私は、いろいろあって王宮の下働きをすることになった。野菜洗いに掃除や洗濯――忙しい毎日だったけれど、とても充実していた。でも、王の部屋のシーツ交換係に任命されるなど、下働きの期間も王に構われることになってしまった。

すごく意地悪だと思っているのに、たまに優しい言葉をかけられる。

いったい、本当の王の姿はどっちなの？　私のことをどう思っているのだろう？

そんな気持ちが芽生え始めた頃、三カ月で下働きを強制終了させられた。

そして後宮に戻った夜、私は初めて王に抱かれた――

相変わらず意地悪なことを口にするけど、王は優しかった。本当に、この人は何を考えているのだろうと、不思議に思うのは変わらない。

私の中で芽生えた感情――それは王のことをもっと知りたいというものだった。

第一章　日常

「イルミさん、庭を少し歩きませんか？」

私は部屋の窓辺に立ち、外を眺めて言った。

私が声をかけると、イルミさんはにっこり笑って優しい笑みを見せてくれる。

「そうですね。いいお天気ですし、庭園のイメリアの花も満開でしょう」

イルミさんは私が下働き時代よく世話を焼いてくれた、とても頼りになるお姉さんだ。

本名はイルミリアさんなのだが、私は下働き時代の愛称のまま『イルミさん』と呼んでいた。

王の指図のもと、私の見張りを兼ねての指導係を務めていたらしい。だけど、私が後宮に戻されてからは侍女として、こうやって側にいてくれることになった。

面倒見がいいイルミさんがこれからも私の側についていてくれて、本当に嬉しい。敵だらけだと思っていた後宮（ここ）で初めて見つけた、心を許せる存在なのだ。

イルミさんの同意のもと、私は庭園に下りた。風を感じつつ、ゆっくりと庭を歩く。

「アオイ様、お飲み物を取ってきますわ」

「イルミさん、ありがとう」

私は、庭園を駆けて行くイルミさんの後ろ姿を見送った後、側にあった椅子に腰かけて大きく伸びをした。

のどかな昼下がり、緑の多い庭園は整備されていて、多種多様の花が咲いている。

空を見上げると、鳥が舞い、美しい歌声を披露していた。

鳥はどこへでも自由に飛んで行けるのだろう。後宮というカゴの中にいる私と違い、羨ましいことだと思いながら、太陽の眩しさに目を細めた。

私は庭園や図書室など、城の特定の場所には出入り出来るが、後宮から外に出ることは出来ない。かといって毎日部屋に籠もってばかりいては、運動不足で体がなまってしまう。だから、せめて庭園だけは毎日歩こうと決めていた。

イルミさんが戻ってきて、飲み物で喉を潤したら、また歩こう。

そう思って前を見た私は、誰かが近づいてきていることに気付いた。

それが誰なのか分かった瞬間、また面倒なことになりそうな予感がして、ため息をつきたくなった。

やってきたのは、ウェンデルという後宮の女性だ。彼女は妖艶な美女で、いつも露出の多い服装をしている。ついでに乳もでかい。

とはいえ、見かけは美しくても、内面もそうだとは限らない。

彼女は私を憎んでいる。それは、私が王に構われるから。彼女は王の寵愛を得ようと必死なのだ。

それに、彼女の家は有力な貴族であるサマンサ家。身分もなければ、抜きんでて美しくもなく、秀でた能力もない私が目障りなのだろう。

「……！　あなた……!!」

向こうも私に気付いたようだ。ウェンデルは目を見開き、表情を鬼の形相へと変える。どうやら私に一言文句を言わないと気が済まないのだろう。私も気を引き締めて、身構えた。

「図々(ずうずう)しく、後宮(ここ)へ戻ってきたのね」

過去にウェンデルには、頬を叩かれたり足を踏まれたりと、散々な目に遭っている。またいつ、彼女から意地悪をされるかと思うと気が抜けない。これは、ごく自然な反応だと思う。

背の高いウェンデルは小柄な私を見下ろし、心底嫌なものを見る目つきを向ける。

そんなに嫌なら無視すればいいのに、それも出来ないらしい。

「ちょっと来なさいよ」

私の返事など聞かずに、腕を掴みぐいぐいと引っ張るウェンデル。彼女は我を忘れ、すでに淑女(しゅくじょ)の仮面を脱ぎ捨てている。やがて庭園でもあまり人気(ひとけ)のない場所へ連れてこられた。こんな時、小柄な自分が憎い。逆らいたくても力じゃ敵(かな)わないのだ。

私を壁際まで追い詰めると、彼女は壁を激しくドンと叩き、私の頭の両側に手を置いた。

「一度は王の不興を買い、下働きにまで身を落としたくせに、ここに戻って来るなんて……。あんたなんて、あのままいなくなればよかったのに。どこかで野垂れ死んでしまえばよかったのよ……!!」

女性からの初めての壁ドンは、残念ながら気分のいいものではなかった。身の危険を感じつつも、早口でまくしたてるウェンデルの言葉を聞き流す。だって、まともに聞いても、楽しい言葉ではないのだ。こういう時は、聞いている振りして、神妙な顔をしているに限る。

それにしても、どうしてここまでの敵意をぶつけられなきゃいけないのだろう。

しかし、以前よりもいっそう激しいと感じるのは、決して気のせいではない。

憎々しげに私を見下ろす妖艶美女――ウェンデルに一瞬体が強張るも、私は悪いことをしていない。だから堂々としていいはずだ。いつか隙を見てやり返してやりたいが、今は大人しくしていようと思う。面倒事は出来るだけ避けたい。

「ちょっと、呆けた顔して、人の話を聞いているの!?」

「……はい」

本当はまともに聞いちゃいないよ。

まあ、言いたいだけ文句を言えば、彼女だって満足して私を解放するだろう。

そう思って、じっと耐えていたその時――

「よお！　久しぶりだな」

殺伐としたこの空間に、やけに明るい声が響き渡る。ウェンデルが声のする方を向いた。

空気が和らいだのを肌で感じてホッとした私も、同じ方向に顔を向ける。

「……あっ！」

思わぬ人物の登場に、私はつい声を出してしまった。

私の視線の先にいたのは、面白そうに瞳を輝かせて笑うユーリスだった。

ユーリスは王の叔父だが、王より年下の十八歳。

好奇心旺盛な彼は、いつも暇だと言いながら何か楽しいことを探しているらしい。

私が最初に彼に会ったのは、私が下働きだった時だ。王の部屋のシーツ交換をしていた私は、そこでユーリスと偶然出会ったのだ。

その時、ユーリスに名前を聞かれた私は、咄嗟に偽名を使った。その名はウェンデル。

もっとも、その偽名で勘違いをされたせいで、ユーリスの屋敷へと連れ去られ、自分自身の首を絞める結果になったのだけど。もう二度と偽名は使うまいと、心に誓ったことは記憶に新しい。

そんな彼が、なぜここにいるのだろう。いや、王族だから、この城にいてもおかしくはないのだが。

なんだか嫌な予感がする。私の悪い予感はだいたい当たるから、よりいっそう不安だ。

「元気だったか？　ウェンデル？」

そう言ってユーリスは、笑顔で私達の方に向かって歩いてくる。彼の言葉を聞いたウェンデルは、すぐに妖艶な笑みとしなを作った。そこには、先程まで私に凄んでいた顔はない。即座に淑女の仮面を装着したのだ。

彼女はとても美しい微笑みを浮かべ、ユーリスに笑いかける。

「私みたいな者の名前まで覚えて下さっているとは、身に余る光栄ですわ、ユーリス様」

喜びを滲ませて挨拶するウェンデルの変わり身の早さに、ある意味感心してしまう。

しかし、ユーリスはウェンデルを横目で見て、訝しげな顔をする。

「……ん？　誰だ、お前？」

その発言で、周囲が一瞬で凍った。

「……今、私を呼んで下さいましたよね、ユーリス様」

「お前もウェンデルというのか？　……ふーん」

かろうじて微笑みを顔に貼り付けるウェンデルだったが、頬がわずかに引き攣っている。

やばい、やばい、やばい――私の心臓がドクドクと波打つ。

ユーリスはウェンデルを軽く無視して、私に向き合った。

「おいウェンデル、返事しろよ」

「……」

ユーリスが私に向かってその名を呼ぶので、冷や汗をかいた。お願いだから、今はその名前を呼ばないで！　王が私を迎えに来た時に、その名は偽名だって知ったはずじゃない！　もう忘れたの!?

そう叫びたいけど叫べない。黙って耐えるのみだ。

隣に立つウェンデルの視線が痛いほど、私に突き刺さる。

私が固まっている様子を見たユーリスは、顎に手を当てた。

「……ああ、そうか！」

ユーリスは、閃いたとばかりに手を叩く。

「ウェンデルという名は嘘だったんだよな。面倒事はそいつに押し付けようと思って、その名を騙ったんだろ？　……で、本当の名前は何というんだ？　小動物か？」

ユーリス……。すぐそこにいるのが本物だから！　声に出して確認しないで！　そう叫びたいけど、出来ない！

するとユーリスは、からかうように私の顔をのぞき込む。

瞳を好奇心で輝かせ、私の反応を見ているのだ。

空気を読まない言動に、白目むいて倒れそう。……いや、倒れたい。

まさにこれが、身から出た錆というものなのだろうか。

私の肩に手を置き、白い歯を見せて笑うユーリスの口を、いますぐ縫ってやりたくなった。

「……きゅ、急な用事を思い出しましたので、これで失礼しますわ、ユーリス様」

ウェンデルは微笑みを顔に貼り付けたまま、ユーリスに向かって挨拶をした。

彼女の青筋を浮かせた笑顔と厳しい眼差しが、怒っていることを如実に伝えてくる。

彼女は横を通り過ぎる際、私だけに聞こえるほど小さな声で囁いた。

「――私の顔によくも泥を……覚えてらっしゃい」

それと同時に殺意の籠もる瞳を向けられて、さすがに硬直した。

去りゆくウェンデルの背中から、憤怒のオーラが出ている錯覚さえする。

これから先、自分とウェンデルの関係がどうなるか、簡単に想像がつく。悪化の一途をたどる、とどめの一撃をユーリスは決めてくれた。

痛恨のダメージをくらって、暗くなる私の表情を見たユーリスは、

「何だか面白いことになりそうだな」

と、口笛を吹いて笑った。

どこがだ、どこが!!

そもそも、なぜこの場で火に油を注ぐような発言をしたの?

ただでさえウェンデルには疎まれているのに、これ以上悪くするのは勘弁して欲しい。

最初は、軽い仕返しのつもりで『ウェンデル』と名乗ったのに、まさか本人に知られてしまうとは――

「俺に嘘の名を教えただろう？　これは、その礼だ」

こんな礼はいらない！

ユーリスを睨むが、彼は全く悪びれた様子もない。

そりゃ、こうなったのも私が偽名を使ったせいだけどさ。ここ一番という時にそれを返してくるなんて、悪意があるとしか思えない。

「そう睨むなよ。俺だって、しばらく城への出禁を食らったんだぞ。勝手な行動をするなとか、うるさく言われてな。暇で大変だった」

そうですか。

もう少しご自分の屋敷に籠もっていれば良かったのでは、と思う私は意地悪なのでしょうか。

「今までは多少のことをしても、アルは何も言わなかったのに、たかが下働きの一人を連れて行っただけで、これだもんなぁ。参ったぜ」

口では参ったと言っておきながら、全然懲りてない気がするのは、私の思い過ごしでしょうか。

「だけど、お前といると退屈しなさそうだな、マリ」

その瞬間、瞳を見開いた。

この……！　私の名前、知っているんじゃないか！

先程は、わざとウェンデルの鼻先を折ったのだ。怒りの矛先が私に向かうように。

どこかあどけなさが残る顔に笑みを浮かべるユーリスを見て、確信する。

この根性の悪さは、紛れもなく王と同じ血が流れている証拠だろう。

王族はみんな癖のある性格をしていると、私の心に刻んでやる。

「そんな怖い顔するなって。久々に会ったんだし。あー、それより喉が渇いたな」

私の怒りを気にもせず、自由奔放に振る舞うユーリス。そうだった、彼はそんな性格だったわ。

私はこれ以上怒っても無駄だと思い、早々に文句を言うのを諦めた。

そうこうしているうちに、紅茶のセットをワゴンに載せたイルミさんが戻ってきた。

「お、ちょうどいい。俺も一杯もらおうか」

先程のウェンデルとのやりとりで本当は疲労困憊なのだけど、ユーリスに付き合えと言われたら、付き合うしかあるまい。王族の頼みを断るなんて権限、そもそも私は持っていないのだから。

私はため息を堪えつつも、イルミさんにお茶を用意してもらった。

イルミさんが紅茶を淹れると、周囲に爽やかで癒される茶葉の香りが漂った。私とユーリスは庭園に設置されているテーブルセットに向かい合わせで座る。この庭園はお茶会を楽しめるように造られているので、椅子もテーブルも元々置かれているのだ。

紅茶を一口飲んだあと、ユーリスが口を開いた。

「でも、お前がアルのお気に入りだったとはな。正直驚いた」

お気に入り……なのだろうか、私って。あんなひどい扱いをされているのに。

「アルのお気に入りがどこにいるかと探していたが、まさか下働きとして働いているなんて夢にも思わなかった」

「それは私が望んだからです」

「いくら望まれたとはいえ、普通、お気に入りの女にそんなことさせる奴はいないだろ。だから、それを許したアルにも驚いたけどな」

そう言ってユーリスは笑う。快活な笑い声が周囲に響いた。

「何だかんだ言って、自分が認めた奴には寛大だからな、アルは」

王は、私の啖呵（たんか）を聞き入れて、三カ月だけ下働きとして過ごすことを許したのだという。そして、先日の夜とは、私が三カ月間、下働きの仕事を終えた最後の日のことだ。

確かに先日の夜は優しかった。そんな気がする。

今度は私が対価を払う番だと言い、王は私を抱いたのだ。

『優しくしてやる』

王が宣言した通り、確かに優しかったと思う。乱暴なこともされなかった。

そっと私に優しく触れる、王の手。頬を撫で、髪を梳（す）く丁寧な手つき。

初めて王を受け入れた時は、痛くて涙が出そうだったことは記憶に新しい。

そして全てが終わった後、王は何も言わずに私の顔を静かに見ていた。私もベッドに横になったまま、月明かりに照らされた王の顔を見つめた。

それは不思議な時間で、お互い余計な言葉は発せず、ただ静かな時を共有した。

私と王、そして私達を照らす月と――

その時のことを思い出し、顔が赤くなってしまいそうな気がして、私は慌てて首を振った。

「そんなことは……ないと思います」

王が私を認めている？　寛大？　なぜ、そう解釈するのだろう。

「でも特別な待遇を受けているんだろ？　好きにさせているみたいだが、片時も目を離さないじゃないか」

ユーリスは、私の側にいたイルミさんにチラリと目をやる。

「……よく、わかりません」

これが私の正直な感想。

だって、よくわからない。王の本当の性格も、考えも、気持ちも――

これから徐々にわかるようになるのだろうか。いや、わかるようになりたいと、あの夜からそう思っている。まだ行動に移してはいないが、これからやらなくてはいけない。

人から聞くより、自分自身で見た王の姿を知りたいのだ。

そう思い直す私を見て、目を瞬(またた)かせたユーリスが口を開く。

「お前、珍しいな。アルは王だ。もっと王のお気に入りであることを使って、さっきの女――ウェンデルとやらに、圧力をかけてもいいんだぞ。なぜ、言われっぱなしなんだ？」

「それは……」

一言で言うと、面倒だからです。

それに、仮に自分が王のお気に入りだとして、それを鼻にかけて威張っていても、それがなくなったらどうするのだ。嫉妬にかられた女性達から、ここぞとばかりに総攻撃を食らうだろう。

そうなったら、助けて欲しいと王にすがる？　媚を売る？　そのどちらも、私には出来そうにない。

そもそも、王は私に興味がなくなった時点で、鼻でフンッて笑ってすぐにお払い箱にしそうだ。困ったことがあっても、優しく『大丈夫か』なんて手を差し伸べる図が想像出来ないのはなぜだろう。

きっと優しい一面もあると思うのだけど、真っ先に意地悪な部分を思い出してしまう。

でも、本当の王は……どうなんだろう。

飽きっぽいのかどうかすら、わからない。これから身をもって経験するのだろうけど、私を構うことに飽きるのはいつなのだろうか。三カ月後か、半年後か、一年後か——それとも一生？

まさかね……

私は心の中で即座に否定した。

人の心はうつろいやすいもの。日本でも、愛を誓いあった夫婦が離婚するのだって珍しくないのだ。むしろ一生添い遂げる方が、難しいように思える。——私の両親がそうだったように。

「嫌がらせをする相手を、直接脅してみればいいじゃないか」

物思いにふけっていた私はユーリスの明るい声を聞いて、我に返る。

「一番はアルに泣きついてみることだけどな。効果抜群だと思うぞ」

「——それは嫌です」

「なんでだ？」

「寵愛を盾に脅すなんて出来ませんし、王に頼ったところで、『面倒だ。自分でなんとかしろ』と切り捨てられそうですし……」

間違ってもウェンデルに『わたくし、先日王の寵愛を受けましたのよ』なんて、得意げに言うことなんて出来ない。地獄を見るだけだろう。それに、王に頼るのだって難しい。

するとユーリスは目を数回瞬かせたのち、噴き出した。

「あはははは！　それはないと思うけどな。アルも王である前に男だ。頼られて嬉しいと思うことはあっても、面倒だなんて思わないさ」

「でも……」

「マリは男心をわかってないなー。むしろ頼られて、必要以上に張り切るかもしれないぞ？　試しに一度ぐらい言ってみろよ」

「けど……」

なぜこうもユーリスは、はっきりと言い切れるのだろう。逆に疑問に思うわ！

だから私は、心の内を素直に口にする。

「やっぱり出来ません。だって王のお気に入りであるうちはいいですけど、そこから外れた瞬間、他の女性達にここぞとばかりに仕返しされますよね？　そうなったら、きっと王は、虐められている私を高い塔の上から笑って眺める気がします。しかも、酒を片手に、周りには美女をはべらせて」

ユーリスは一瞬口を開けて呆気にとられた後、豪快に笑った。

「なんだよ、それ！　お前の想像力は素晴らしいな」

「いえ、本当にそうなりそうですし……」

「それじゃあアルは、すごく嫌な奴みたいじゃないか」

ユーリスは再び声を出して笑う。ついには目の端に涙まで滲ませた。

しばらく笑ったあと、指先で涙を拭いながら口を開く。

「俺は俺で、お前を心配しているんだけどな。そんな頑なな態度ばかり取っていると、不器用だって言われるだろう？」

それは子供の頃から散々言われていたことだ。出会って間もないユーリスに見抜かれるほど、私の性格はわかりやすいのかと、自分に呆れてしまった。だが、それも私だ。

そして、ユーリスの笑い声が響き渡るこの庭園で聞こえて来たのは、静かな足音。

振り返ると、そこには黒髪を風になびかせた男性が立っていた。

端整な顔立ちをした彼は、目を鋭く細め、無表情のまま私に近づいてくる。

「楽しそうな相談をしているな」

「――王」

いつの間に来ていたのだろう。そして、どこから話を聞いていた？

真っ直ぐに私を射抜くのは、赤い瞳。思わず見惚れてしまいそうになるほど、圧倒的な美貌を持つ。全身から放たれる威圧感は、王者の証なのか。

王は、鼻で笑って口を開いた。

「お前の想像力が逞しいのは結構なことだが、俺はそこまで極悪非道ではない」

赤い瞳を細めたまま、口元に微笑を浮かべる。

私の想像があまりにもバカげていると呆れているのだろうか、と思った瞬間――

「女達に虐められると言っても、せいぜい裸で外の木に張り付けにされた後、罪人達の慰みものになるぐらいだろう。命までは取られまい」

「………」

サラッと言う王を見る私の表情が、徐々に険しいものに変わる。

やっぱりこの人の寵愛なんて、信じちゃいけない。まやかしだ。一瞬でも優しいと思ったのは、あの夜の月が見せた幻覚に違いない。

「なんだ、それでは嫌か？」

眉間に皺を寄せて睨む私を、王が楽しそうに見る。

嫌に決まっているだろう。だいたい、そんなことをされて喜ぶ人間がどこにいる。私はそんなド変態ではないし、いくら嫉妬に駆られても、そんなことをするほど人間落ちたくない。それを笑って見ていられる人とは、一生お付き合いをしたくないと思う。

嫌悪で顔が歪む私を見た後、王は向かいに座るユーリスに視線を投げる。

「ユーリス。広間で、イマールがお前のことを探していた」

「イマールが？」

「ああ」

イマールさんは王の腹心であり、第一の側近だ。眼鏡がトレードマークの彼は物腰が柔らかく、王とは対照的に穏やかな性格をしている。

彼の名を聞いて片眉を上げたユーリスは、少し悩んだ後、椅子から立ち上がる。

「じゃあ、ちょっとイマールに会ってくるか。また来るからな、マリ」

ユーリスは、ここに来た時と同じく慌ただしく、この場を去った。

王は、同じくイルミさんにも視線を投げる。

すると彼女は一礼し、静かにこの場を去って行く。えっ、今ので王の言いたいことが全部わかったの？

視線一つで全てを察する有能なイルミさんの背中を呆然と見つめていると、再び王に声をかけられる。

「話の続きだが――」

まだ言うか!?　こんな悪趣味な話を、なぜ真っ昼間から続けなくてはいけないのだ。

顔をしかめて王の顔を見つめる私とは反対に、王はすごく楽しそうな笑みを浮かべる。

「では、女達に虐められて罪人達の慰みものになる前に、臣下に下げ渡してやろうか？」

「…………」

臣下に下げ渡す？　わざわざ下げ渡し先を探さなくても、当面の生活費をいただけたら後宮を出るので、女性達のイジメにも遭わずに済む。それでいいじゃないか。それも叶わないというのなら、いっそのこと修道院にでも送り込んで欲しい。

だけど王は、こっちの返事を待つこともなく、勝手に話を進める。

「そうだな……バルバロド伯爵はどうだ？」

バルバロド伯爵とは確か、脂ギッシュでぶよぶよした体つきをしている中年貴族だ。ねっとりとまとわりつく、蛇のような目をしている。しかも加虐精神の持ち主で、夜の行為に及ぶ際は、相手の肉体を傷つけることで性的興奮が得られるタイプらしい。

以前、後宮の女性達が、そんな男の相手はいくら頼まれても絶対無理だと噂していた。私だってそんな相手はごめんだ。そもそも私なんて圧しかかられた瞬間、圧死するだろう。

首を激しく横に振って拒否を示す。

すると王が、一歩一歩と近づいてきた。

「では、その男の側と俺の側、どちらがいい？」

熱が籠もる王の瞳から目をそらすことが出来ず、私は椅子に座ったままじっと見つめ返す。

王は私の前にあるテーブルに手を付くと、顔を徐々に近づけてきた。

ムスクとアンバーの混ぜ合わさった香りが鼻腔をくすぐり、距離の近さを実感する。

感じるのは王の視線と甘い吐息。

まるで覆い被さるような体勢で、私の頭上から王の声が降り注ぐ。

「俺の側にずっといるか、罪人達の慰みものになるか、下品な貴族に下げ渡されるか——お前の希望はどれだ？」

「……」

「返事はないが、答えは出ているのだろう？」

当たり前だ。

誰が好き好んで、慰みものや圧死を望むか。消去法ですでに答えは出ている。

だけど、こんな意地悪な聞き方をされると、素直に言いたくなくなる。

私もたいがい根性が曲がっているが、こんなことを聞いてくる王も相当だと思う。

そんな私の葛藤に気付いているのだろう、王はふっと笑って言う。

「もっと素直になれ。甘えることも媚びることもしないのでは、苦労するぞ。利用出来る権力を使わずに、いつ使う」

「……」

「自尊心が高いのは結構なことだが、それでは生きにくいだろう」

素直になれと言うのなら、王だってその曲がった根性を直したほうがいい。いや本当に、その言葉をそっくりそのまま返してやりたい。

「で、お前は俺に言うことはないのか？」

「……」

王の問いかけに、私は首をかしげる。すると、耳に低い声が響く。

「では聞くが、先程は誰と話していた？」

ユーリスと話していたのは王も見ていたはず。だけど、その前に話していたのは……

「……ウェンデル」

ポツリと呟くと、王は何かを促すように少しだけ顎をしゃくった。

私の言葉の続きを待っているの？　ウェンデルに言われたことを、王に話せとでもいうの？

ユーリスが言ったみたいに、ウェンデルに意地悪をされて困っていると、王に泣きつけばいいのだろうか。王はそれを待っているの？

「また、だんまりか。お前は人に甘えるということが、よほど苦手らしいな」

「……」

「不器用な奴だ」

どうすればいいかわからず考え込む私を見て、王が先に痺れを切らしたらしい。うっすらと笑って言う。

「自分の力でどうにか出来る範囲ならいいだろう。だが、この先、対処出来ないことが起きた時、お前はどうするのだ？」

「それは……」

対処出来ないこと？　そんなことがこの先あるかもしれない、ってこと？　こっちが不安になるようなことを言わないで欲しい。

私は小さい頃から誰かに頼るということが苦手だった。だから極力自分の力で解決するようにしてきた。それが普通だったので、特別苦に感じたことはない。

「お前が手を伸ばせば、俺はいつでもその手を取るぞ」

「……」

思わず顔を上げて、王の赤い瞳を見つめた。決してからかっているわけでも、バカにしているわけでもない。いつもと違う王の様子に、驚きのあまり瞬(まばた)きを繰り返してしまう。

「だが、お前はそれを求めないのだな」

だって、自分でどうにかすることが当たり前だったのだ。たとえ私が助けて欲しいと言っても、誰も取り合ってくれないのだろうと諦めていた。両親の仲が悪かったことが大きく影響しているのだと思う。

だから、自分の気持ちを言葉にするのも甘えるのも下手くそだった。兄弟もいなかったから、よけいにうまく出来なかったのだ。

要するに王は、私が素直じゃない性格だから、甘えてみろと言いたいのか。

ユーリスにも先程、同じようなことを言われた。自分の性格を二人の人間に見抜かれていたことに、驚いてしまう。

いつもならここで皮肉の一つでも返す私なのだが、今日に限って言葉が出てこない。それは、本当のことを言い当てられたからだと思う。

心の中でグルグル考えている私に、王は静かな視線を向けていた。

翌日、部屋にいた私に、イルミさんが声をかけてきた。

「アオイ様、来週は夜会ですね」

「あ……はい」

張り切った声を出すイルミさんとは対照的に、つい気のない声を出してしまった。

来週は月に一度の、後宮の女性や貴族達が集まって行われる夜会がある。後宮の女性は必ず出席しなくてはならない。王も出席するからだ。この夜会はある意味、女性達の勝負所だと言われている。

もちろん、後宮に住む私も出席しなければならない。

「今回はどのドレスにしましょうか？」

「……別に、先月着たのと同じでいいかな」

「えっ！　先月と同じですか⁉」

驚いた声を出すイルミさんに、私はこくんとうなずいた。

先月着たのは黒いドレス。

派手な装飾品もなく、過剰な肌の露出もない、いたってシンプルなドレスだ。ドレスというよりワンピースに近い。他の女性から見れば物足りないかもしれないが、私は気に入っている。動きやすいし、汚れが目立たないからだ。なんて実用的な理由。

「駄目ですよ！　先月と同じなんて！」

イルミさんは声を張り上げて言うが、私は別に構わない。誰も私の服なんて注目しちゃいないだろう。人のことより自分のことに必死な人達だもの。

どうしても先月と同じ服装がダメだと言うのなら、身に付けるアクセサリーを変えればいい。あとは髪型を変えれば印象が変わるので、誰も同じドレスとは気付くまい。

元々、着飾ることに無頓着な私は、後宮にいる女性達より持っているドレスが少ない。ここ数日、夜会のドレスのために仕立て屋が後宮に入り浸っていて、皆が我先にと購入しているらしいが、私はそれを遠巻きに見ただけだった。

ウェンデルなんて一度に十着も買っていた。……変なとこばかり見ているな、私。

そんな私にヤキモキするのが、イルミさんだ。このドレスがいいとか、あのアクセサリーが似合うとか、いろいろ薦めてくれる。

だから、今まではほとんどイルミさんに選んでもらっていた。

だいたい一晩の夜会のために、皆金を使いすぎだって。着飾る前に、もっと磨くところがあるんじゃないの？　って思う。特に内面。

とりあえず今は、新しくドレスを作るようせっついてくるイルミさんに、違う話題を振って誤魔化そう。

「イルミさん、ドレスのことは後で考えます。これから図書室に行きましょう」

イルミさんはちょっと不満そうな顔をしたけれど、渋々納得してくれた。

部屋から出て廊下を歩き、図書室へたどり着いた。そこでお目当ての本を選ぶと、帰りは近道である庭園を横切る。今日は、いつもすれ違う女性達の姿がない。それもそのはず、今は仕立て屋の他に、装飾品を扱う商人も来ているらしい。だからそちらに人が集中しているのだろう。

私は人気のない後宮の庭園を歩きながら、ついニコニコしてしまった。

なぜならウェンデルを筆頭に、私に嫌がらせをしてくる女性に出会う確率が減るからだ。余計な面倒は避けたいと常日頃思っているので、嬉しい。

うん、これなら夜会が頻繁にあってもいいかもしれない。

廊下を歩いていると、遠くの方から歩いてくる人影が見えた。あの姿は――

私が立ち止まると同時に、相手も気付いたようだ。足を止め、私に視線を投げてくる。それに気付いたイルミさんもすかさず一歩下がり、頭を下げた。

「何をしていた？」

低い声を響かせ、近づいてくるのは王だ。側にイマールさんも付き従っている。

「図書室の帰りです」

そう告げた私に、王は少しだけ怪訝な表情を見せた。

「今日は仕立て屋と宝石商が出入りしていると聞いたが」

皆が夜会の準備で忙しいなか、呑気に図書室に行っている私を不思議に思ったのだろう。だが、私には関係ない。

「そうみたいですね」

「お前は装飾品を選び終えたのか?」

そう問われ、静かに首を振る。

「いえ、私は前に身に着けた装飾品がありますから」

「……ドレスは」

「それも前に着たドレスがあります。気に入っているので、それでいいと思っています」

装飾品やドレスを選ぶことに時間を費やすのなら、私はその時間を他のことに使いたいと思っている。本を読んだり散歩をしたりしていたら、意外と忙しいのだ。

それに、誰にも会わないガラガラの後宮なんて珍しいし、今なら気分よく歩ける。

こうやってたまに王とばったり会っても、それを見た女性達に後で嫌がらせをされることもない。

そう思うと、いつもよりリラックスして王と会話が出来る。人目を気にする必要がないって、なんて素晴らしいのだろうか。

邪魔をする女性達がいない間に、さっさと庭園散策しよう。

「では、私は今から、イルミさんと庭園に行きますので」

いつもよりにこやかな顔で一礼し、王の前から去ろうと一歩足を踏み出した。

その瞬間、王がイマールさんに視線を投げた。

するとイマールさんは、私が抱えていた本をそっと取る。

「アオイ様。重いでしょうから、これは私とイルミがお部屋までお運びします」

「え、でも……」

「せっかくなので、王とお二人で庭園を回られるのはいかがでしょうか」

えっ⁉

優しげな微笑みを絶やさないイマールさん。だけど、この状況だと、何か裏があるのかと勘ぐってしまう。

「で、ですが、王もお忙しいでしょう」

イマールさんめ、私は今からイルミさんと庭園に行くのだと言ったばかりだろう。ちゃんと聞こえていたのか？

「いえ、王は執務の合間にアオイ様のお顔を見に行こうとなさっていたところですので、ちょうど良かったです」

「――イマール」

王が目を細め、軽口を言うイマールさんを諫めた。イマールさんは王が怖くはないのだろうか。王に向かって冗談を言うなんて、聞いているこっちの方が冷や冷やしてしまう。

「時間がない。行くぞ」

そう言って、王は私に背を向けて歩き出す。戸惑う私の背中を、イルミさんがそっと押した。

「さあ、アオイ様。行ってらっしゃいませ」

イルミさんまで笑顔になって、一体私に何を期待しているのだろう。だが、何となく断れない気がする。

笑顔のイマールさんとイルミさんに見送られ、私は仕方なく前を歩く王の背中を追いかけた。

小走りで歩くも、いっこうに王との距離が縮まらない。そして王は振り返らない。

ちっとも私を気にしないので、本当は私と一緒に歩く気なんてないんじゃなかろうか。

追いかけるのを諦めて、私は歩調を自分のペースに戻す。

すると、王が立ち止まり、ゆっくりとこちらを振り返った。

「ああ、お前は小動物がゆえ、歩く速さも違うのだったな」

私を見て一人で納得して笑う王。小動物扱いされるのも慣れてきたけれど、言われっぱなしじゃ、こっちの気が収まらない。

「ゆっくり歩いて景色を楽しむことが散歩です。それに何度も言っていますが、私が小さいのではなく、この世界の人達が大きいのです」

王は赤い瞳を細めながら手を口元に持ってくると、クッと笑う。

それから王は、何も言わずに歩き出した。ただし歩調は緩めているようで、いつの間にか私の隣に並んでいる。

私は、頭二つ分近く高い王の顔をこっそり見上げた。

すっと通った鼻筋に薄い唇、端整な顔立ち。前だけを見ている王の、赤く輝く瞳。誰もが見惚(みと)れる美貌の王は、時折すごく優しい表情を私に向ける。

それは二人っきりの時によく見せる顔だ。そんな時、王は何を考えているのだろうかといつも不思議になる。いつかその理由を聞いてもいいのだろうか。そうしたら、答えてくれるのだろうか。

私達はそのまま特に会話をするでもなく、庭園の奥へ進んだ。

一定の距離を保ち、つかず離れずの距離で、目的もなく庭園の中を歩く。

足の長さの違いもあってか、どうしても私の方が遅れ気味になってしまう。焦って早足になると、前方にいる王が歩くペースを合わせてきた。

特に会話がないこの時間。いったい王は何を思うのだろう。

やがて木々の立ち並ぶ場所へとたどり着いた私は、足を止めた。

「あっ……」

視線の先にあったのは、フロースの花々。今が満開のそれを見て、私はつい顔が綻(ほころ)んでしまった。

フロースは白、もしくは薄い桃色の花弁を持つ花で、甘い香りがする。私のお気に入りの花だった。

こんなに広い庭園でも、咲いているのはこの一角のみ。

毎日散歩をしながら、満開になるのを今か今かと待ちわびていた。

部屋に飾って香りを楽しみ、枯れる前にポプリにするのもいい。押し花のしおりを作ってみるのもいいかもしれない。

「好きか?」

「え?」

私が足を止めたままずっと動かないことに気付いた王は、顎(あご)でフロースを示す。花のことを聞かれているとわかり、私はうなずいた。

「フロースの花は、とてもいい香りがするので」

「好きなだけ摘(つ)めばいい」

そう言われたけれど、私は迷った挙句、答えた。

「摘みすぎたらなくなってしまいます。この庭では、ここにしか咲いていないのですから、もったいないです」

ただ、少しだけでも部屋で楽しみたいので、改めて摘みに来るとだけ王に告げる。すると、王がまた歩き出したので、私もその背に続く。

そしてしばらく庭を歩いた後、特に会話もなく、私の部屋の前で王と別れたのだった。

いったい、何の時間だったんだろう……


翌日、私は朝から図書室に行くことにした。

昨日借りてきた本は、昨夜のうちに読んでしまったのだ。返却する本を手に持ち、イルミさんと一緒に図書室に向かう。

私が借りたい物語の本は、図書室の本棚の一番上の段にあった。もちろん、手を伸ばしても小柄な私には取れない高さだ。それをいつも代わりにイルミさんが取ってくれる。この世界は男女ともに、日本人よりも平均身長が十センチ以上も高いのだ。

今、彼女は私がいるのとは逆の裏側の棚に回り、昨日借りた本をしまってくれている。これ以上手を煩(わずら)わせるのも申し訳ないと思い、何か台がないかと、私はキョロキョロと周囲を見回した。

あ、あった。

ほどなくして、私はお目当てのものを見つけた。木の脚立(きゃたつ)だ。これに上がれば、小柄な私でも一人で本を取ることが出来る。

身長が高いこの世界の人達は、元々脚立など必要ない。だけどここ数日の間で、なぜか図書室に脚立が置かれるようになった。優しい誰かの配慮だろう。

私は脚立に足をかけた。そろそろと慎重に上り、ゆっくりと一番上に立つ。

うん、すごく背が高くなった気がして、気分がいい。いつも皆は、私をこんな気分で見下ろしているのだと思うと、ちょっと悔しい気もするが、まあいいや。

私は棚に向かって手を伸ばすと、取りたい本へと指をかけた。

その瞬間、急に浮遊感を感じて息を呑む。脚立がぐらついているのだ。倒れまいと、咄嗟に棚を掴んだが、もう遅い。バランスを崩した私は、そのまま落下してしまった。しかも、私が掴んだことで棚がぐらつき、床に落ちた私めがけて勢いよく本が落ちてくる。

「アオイ様!!」

私を呼ぶイルミさんの声を聞いた瞬間、頭に強い衝撃を受けた。ゴンッという音も聞こえた気がする
星が見えた。意識を失いそうになったが、何とか堪える。

「~~~~痛っっっ!!」

私は頭を押さえて床で呻いた。

騒ぎを聞きつけて集まってきた兵士の手によって、私はすぐさま自分の部屋まで運ばれた。

ソファに横になり、本がぶつかった頭を氷水で冷やす。落下の際に足首を捻ってしまったらしく、

足を動かすとズキリと鈍い痛みが走った。少し腫れてはいるが、明日になればマシになっているだろう。心配だからと念のために巻かれた包帯が、自分でも痛々しいと感じる。

「ごめんなさい、イルミさん。心配かけてしまって」

「いいえ！　謝るのは私の方です。申し訳ありません。本といえども重さは結構あります。角が当たればなおさらです。痛かったでしょう」

手をぎゅっと握り、涙を堪えるような表情で深々と頭を下げるイルミさん。だけど、彼女が謝る必要はどこにもない。自分の落ち度だ。

イルミさんに申し訳なくて、私はふうっと息を吐き出した後、ポツリと呟いた。

「脚立なんて使わないで、最初からイルミさんにお願いすれば良かった」

「脚立……？」

不思議そうな眼差しを向けるイルミさんに、私は説明する。

「木の脚立が置いてあったので、ちょうどいいと思って使ってみました」

「木の脚立……」

腑に落ちないといった表情のイルミさんに首をかしげていると、扉が開く音が部屋に響いた。そして荒々しい足音が近づいてくる。

私はいきなり現れた人物を見て、瞬時に恐怖を感じた。

「――お前は何をしている」

目の前には、不機嫌に顔を歪めて私を見下ろす王の姿があった。――怒られる!!

私と対面するなり、ソファに横になる私の全身を見回した。やがてその視線は私の足首でピタリと止まり、そのまま動かない。

私は何か言わなければ気まずいと思いつつ、王を見つめる。すると、王は目を細めて舌打ちをした。

「何があったかは、これからイルミリアに聞く。お前はしばらく部屋から出ることを禁止する」

「え……？」

「部屋で大人しくしていろ」

ちょっと待って欲しい。別に私はどこも悪くないのに、部屋に閉じ込められるなんて、納得がいかない。ただでさえ自由のない生活を送っているというのに、これ以上縛られては、息も出来ないほど苦しくなるではないか。

「なぜですか⁉」

思わず私は食ってかかる。すると王は、不機嫌さを一層強く顔に表し、私を横目で見る。

「怪我が治るまでの間、大人しくしていろと言って素直に聞く奴ならここまでしない。だが、お前は大人しくするどころか、無駄に動き回るだろう」

「そんなこと……！」

「チョロチョロと動くのは小動物ならではだからな」

「っ……‼」

王は私の意見など、聞く耳を持たない。それどころか、呆れたように鼻で笑う。

ここ最近、王は私を『マリ』と呼ぶことが多くなった。『小動物』と呼ぶ時は、だいたいからかっている時か、機嫌の悪い時。今回は確実に後者だ。だけど、別に私は王を怒らせるようなことはしていないので、こんな理不尽を受け入れたくない。

「でも、どこも怪我などしていないのに……！」

「二度言わせるな」

王の表情があまりにも厳しくて、口を噤(つぐ)んでしまう。反論したいと思っていた言葉が半分も出てこない。私は唇を噛み、険(けわ)しい表情になる。

「どこも怪我をしていないだと……？」

王が意地悪く、口の端を上げて私に問う。私は顔が引(ひ)き攣(つ)るも、うなずいた。

「っ！」

すると、王がいきなり私の包帯が巻かれた右足首を、掴んできたのだ。そこに痛みが走り、私は顔をしかめた。

「これでも怪我などないと、お前は言うのか？」

「……！」

王が、私の右足首に軽く力をこめた。今の私にとっては、それだけですごく痛い。顔をしかめる私を見て、王はひねくれた笑みを浮かべる。

私が痛がっているのは見てわかるだろう。だが、王は手を離そうとはしない。

きっと、私の口から言わせたいのだ。怪我をしていると認めさせたいのだ。

なんて根っからのサディストなんだ！

こちらから折れたくないと、変なところでスイッチが入った私は、無理矢理笑顔を作る。

それを見た王は、私の足首を掴む力を緩めた。

「……どうやら怪我などしていないらしいな」

「ええ」

私は笑みを浮かべたまま、少し首をかしげた。部屋に閉じ籠もるなんて冗談じゃない。

王は無言で何かを考えている様子を見せた後、私の掴んでいた足首を、そっとソファへ下ろした――素振りを見せたと思いきや、先程よりも力を込めて、ギュッと握ってきた。

「痛っ！」

思わず眉間に皺を寄せて、声をあげてしまった。それを聞いた王は、低い声で嘲笑う。

「ああ、怪我はしていなかったようだが、どうやら俺が強く掴みすぎて、痛めてしまったらしいな」

この……！　絶対わざとやったでしょう⁉

「では、大人しく部屋で養生しろ」

勝ったと言わんばかりに、意地悪い口調をする王が憎たらしい。言い返すことの出来ない自分にも腹が立って、唇を噛みしめる。

そんな私の様子を気にもせず、王はイルミさんに視線を向けた。

「お前には、しばらくの間、別件の任務を命ずる。まずはイマールのところへ行け」

イルミさんは、無言で頭を下げた。

「なぜイルミさんに、そんなことをさせるの……!?」

イルミさんと離れ離れになる……。それだけは嫌だと、思わず叫んでいた。王の言う別件とはなに？　まさか、イルミさんが厳しい罰を与えられるとかじゃないでしょうね!?

興奮した私を、王は横目で見る。

「イルミリアは何のためにお前についている。お前から目を離すということは、職務怠慢（たいまん）だということだ」

「それは違う！　私が……私が勝手に動き回ったの……!!」

叫んだ瞬間、私の後頭部がズキズキと、激しく痛み出す。

「お願いだから、そんなことはしないで……！」

イルミさんは、この世界で初めて出来た私の友人で、姉のような人だ。そんな彼女が私のせいで罰せられることだけは、絶対に避けたい。ううん、避けなければいけない。

懇願する私に、王はまるで面倒だとでも言いたげな視線を投げた。

「キーキーと金切り声をあげて、元気なことだ。無事だったからこそ出せる声だというのに、なぜそのことに気付かない」

私はグッと言葉に詰まる。王はなおも続けた。

「これから先も、お前の軽率な行動で迷惑を被（こうむ）る人間がいるのだということを、覚えておけ」

それだけを言い捨てた王は、もう用事は済んだとばかりに、私に背を向けた。

イルミさんが私を見て言う。

「アオイ様は怪我を早く治すことだけを、お考え下さい」

「でも……！」

「大丈夫です。きっと王にも、何かお考えがあるのだと思います」

イルミさんは頭を下げて、扉へと歩を進める王の背中に続いた。

二人が部屋から出ていくのを、私は手を握りしめて見送った。

やがて扉の閉じる音が部屋に響き渡る。

「王の……バカ野郎……!!」

絞り出すような声は誰の耳にも拾われることなく、部屋に静かに響いた。

第二章　激昂

それから王の言葉通り、部屋に閉じ籠もる日々が続いた。

初日は多少足が痛かったけれど、それも翌日にはすっかりなくなった。本当に軽い打撲だったのだ。なのに王は大袈裟すぎる。

頭のコブは腫れも引いたし、私はすこぶる元気だ。だから退屈でしょうがない。イルミさんも側にいないので、話し相手もいないのだ。

彼女は今、何をしているのだろうか。

一度部屋から脱走しようかと思い、扉をそっと開けてみたが、扉の横には兵士が立っていた。

……王は私相手に、なぜここまでするのだろう。

確かに危ない目に遭ったのは事実だ。だけど、それは自分の不注意によるもので、こういった事故はよくあること。それをあんなに不機嫌になった挙句、イルミさんを連れて行くなんて、何か理由があるの？　――もしや何かを隠している？

そんな疑問が頭に浮かぶけれど、もちろん答えは出てこない。

一日に二度、本が届けられるものの、短時間で読み終わるので、すぐに暇になってしまう。自分の足で図書室へ行って、自分で本を選びたいのだ。外に出たいし、庭園を歩きたい。王に対する不満ばかりがたまっていく。

軟禁生活も本日で五日目。私のストレスは最高潮だ。

また今日もつまらない一日が始まるかと思うと、うんざりする。

そんなことを考えながら、鏡台に座って髪をとかしていたら、部屋の扉が叩かれた。

いつもの本の差し入れの時間より、若干早い。誰だろうと不思議に思いつつ、扉に向かった。

「よっ！　元気か？」

扉を開いた向こうにいたのは、笑顔を見せるユーリスだった。

「お前、何だか楽しいことになってるな！」

彼はそう言って、すごく嬉しそうに笑う。きっと暇だから城に遊びに来ていたのだろう。話し相手に飢えている今は、ユーリスが来てくれて嬉しい。

部屋の外で見張りで立つ兵士を見れば、いささか微妙な表情をしている。だが、彼ではユーリスを止めることは出来ないだろう。王族だし。

「中へどうぞ」

私はユーリスを部屋へと招き入れた。部屋に入ると開口一番にユーリスが言った。

「お前が部屋から閉じ込められているって耳にしてな。退屈だろうから会いに来てやったぞ！　今度は何をやらかしたんだ？」

このユーリスの顔……絶対面白がってるでしょ、他人事だと思って！

「出禁だったら俺に任せろって言えたんだけどな。幼い頃から、それこそ何度もくらってきたし」

威張るユーリスだけど、そこは胸を張るところじゃない。全然違う。

「王の機嫌を損ねたらしくて、軽く軟禁状態です」

「アルか？　あいつも毎回よくやるよな」

ユーリスは呑気(のんき)な声を出して笑うけれど、私は笑えない。

「それにイルミさんも連れて行かれて……毎日が退屈だし、自然にひとり言は多くなるし、もう最悪です」

もう反省したから、軟禁を解いてイルミさんを戻して欲しい。

「じゃあ、マリ。俺と抜け出すか？」

「は？」

突拍子もないユーリスの申し出に、口をポカンと開けてしまった。

「俺は、城を抜け出すのも得意なんだよ」

「はぁ……」

得意げに宣言するユーリスを見て、脱力した声が出てしまう。それに朝の早い時間から私に奇襲をかける彼を見て、つくづく思う。この人は暇だと――

「なんだ、そのやる気のない態度」

「……」

やる気なんて、ないに決まっている。

「えっと、どこに行かれるつもりですか？」

抜け出してもせいぜい庭園に行くぐらいでしょう。

「街だよ、街！」

「えっ……？」

予想外の言葉に大きく反応をした私に、ユーリスがここぞとばかりに言い募る。

「今日ここに来る途中、街に出店が出ていて賑わっていた。従者に聞くと、今日は月に一度の青空市の日らしいぞ」

「でも、私はここを出るなって言われて……それに外には兵士が……」

「あ～、大丈夫、大丈夫。兵士はどうにでも出来る。それに、すぐ近くの街だし、そう時間もかからないから。その間、俺と庭園を散歩していることにしてもバレない」

本当にそんなことをしてもいいのかな……。そう思いつつ、好奇心が止まらない。しかし、心のどこかでブレーキをかける自分もいる。そんな自分勝手なことをしてもいいのかと。だけど……

「今夜は夜会があるから、今は城中が慌ただしい。抜け出すなら今だぞ。どうする？」

「――すぐ用意します」

もうユーリスの提案にのってしまえ!!

この後宮の女性は、許可さえもらえれば街に出ることも出来る。しかし、私だけは外出許可をもらえないのだ。それも王直々のお達しとやらで。今は、外へ出るめったにないチャンスだ。

普段の私なら、こんな馬鹿なことはしない。だけど今は、私からイルミさんを離した挙句、部屋に閉じ込めた王が悪いのだという反発心がある。今回は言うことなど聞かないことに決めた。

私は部屋のクローゼットを開ける。街に行くなら綺麗な格好だと無駄に目立つだろうと思い、下働き時代の服を引っ張り出す。そして適当に大きな袋を探し、服を中に入れた。

用意している最中、徐々に楽しくなってきた。ユーリスという心強い味方（今回限り）がいるから、気も大きくなる。

「たまにお忍びで街に繰り出すんだが、なかなか楽しいぞ」

「そうなんですね」

ユーリスの言葉に、心が躍（おど）る。

この目で見て、肌で感じることで、この世界がどういう場所なのか知るチャンスなのだ。

「今夜は夜会がありますので、夕方までには帰ってきましょう」

珍しく張り切る私を見て、ユーリスは笑顔を見せる。今から私達は共犯者だ。

二人で部屋の外に出ると、すかさず見張りの兵士が声をかけてくる。

「アオイ様は、お部屋にお戻りください」

「少しぐらい、いいだろう。庭を散歩するだけだ」

ユーリスが強気な態度で言い張った。

「ですが、王の許可が必要になります」

「あのなぁ、その許可をもらおうと思ったら、何時になるかわからないだろう」

可哀想に、兵士は二人の王族の板挟みになっている。胃がキリキリと痛むことだろう。申し訳ない気持ちになるけれど、今回は……ごめんなさい！

「ただ庭園を歩きながら会話するだけだ。何を心配しているのか知らんが、俺にも護衛が付いている。万が一、アルが訪ねて来たら、俺が連れ出したと言っていい。ゆっくり歩いて回る予定だから、昼には部屋に戻ってくる」

困惑した兵士は、渋い顔を見せる。

「後はお前の判断だ。今から上に報告するのなら、別に俺は止めない」

「――わかりました」

兵士はユーリスに向かってゆっくり頭を下げた。

それを見たユーリスがついて来るよう視線を投げてきたので、私も後に続く。

そっと背後を振り返れば、先程まで頭を下げていた兵士の姿が消えている。早速、上司に報告しに行ったのだろう。

「これでよし」

部屋からだいぶ離れたところで、ユーリスが呟(つぶや)いた。

「ほ、本当にいいんですか？」

ここに来て急に不安になる私。

「大丈夫だ。アルの奴、今日は朝から議会に出席しているはずだから、耳に入るまでには時間がかかる。報告を受けた頃には、もう俺達は部屋に戻っている計算だ」

自信満々に計画を披露するユーリスだけど、本当にうまくいくのだろうか。

「お前だって悔しいだろ？　訳もわからず部屋に閉じ込められるなんて。たまにはアルを出し抜いてやろうぜ」

ユーリスの無邪気な笑顔を見ていると、羽目を外すのが悪くないことのように思えてくる。それに、これはただの無断外出ではなく、王に対する反抗なのだ。

よし、もう迷わない。街にいる間は王のことは考えず、精いっぱい楽しもう。

腹が据わった様子の私を見て、ユーリスが満面の笑みを浮かべた。

「やっと笑顔になったな。じゃあ、行くぞ」


そこから先は、こちらが呆気にとられるほど順調だった。

ユーリスと歩いていれば誰も咎めないので、城から難なく馬車までたどり着いた。

そうして馬車に乗り、城の入り口から堂々と外に出る。

さすがユーリスは王族なだけあって、顔パスだった。便利なことだ。

街の近くまでたどり着くと、服を着替えるため、先にユーリスに馬車から降りてもらった。私は持ってきた袋を開け、中に入っていた服を着る。

良かった、私の下働き時代の服。思い出の品としてしまっていたが、再び役に立ったよ。こっちの格好の方がしっくりくるし、何より動きやすい。

「お待たせしました……！」

数分で身支度を終え、急いで馬車を降りる。

息が上がっているけれど、そんなこと気にしちゃいられない。

馬車の外で柵に寄りかかり、腕を組んで待っていたユーリスは、私の素早い変身に驚いたようだ。

「お前、早いな」

「さあ、行きましょう」

「……その服装、ウェンデルと偽(いつわ)っていたのを思い出すな」

ユーリスは懐かしむように目を細める。だけど、早く街へ行きたい私は気持ちが焦るばかりだ。

「いいから早く行きましょう！」

「そんなに慌てなくても、青空市はまだ始まったばかりだから安心しろ」

ユーリスは呑気に笑うけれど、そんなわけにはいかない。せっかくのこのチャンス、一分たりとも無駄にしてたまるか！

私は、上機嫌に笑い続けるユーリスの背中を後ろから押していった。

街の外れに馬車を待たせ、しばらく歩くと――

「わぁ……」

街は想像以上に活気にあふれていた。

立ち並ぶ屋台に綺麗に積まれた山盛りの果物は、見たことがない種類ばかり。どれも珍しい色をしていて、葉っぱの上にちょこんと座っている。

そのレイアウトのセンスの素晴らしさに、拍手を送りたくなる。

「葉っぱがまるで座布団みたいですね」

「ざぶとん？　何だそれは？」

不思議顔のユーリスに、私は笑って説明する。

甘い香りや、柑橘(かんきつ)系の爽(さわ)やかな香りが漂(ただよ)う屋台では、新鮮な搾りたてのジュースも売っている。自分好みの果実を選んで搾ってもらえるようだ。私も後で飲んでみよう。

他にも野菜や肉などを売っているお店が並び、客の目の前で捌(さば)いている。

ふと、天井から燻製(くんせい)肉が大量に吊るされている屋台が目に入った。

「あれはなんでしょう？」

「あれはコニーンの肉だな」

吊るされている肉には顔まで残っているものが多く、どんな動物だったか原型がわかるものが多かった。私は思わず顔をしかめる。

「そんな顔するな。コニーンの頬肉は柔らかくて美味(うま)いぞ」

「本当に⁉」

「ああ」

「あんなグロテスクな顔している動物なのに……。信じられないです」

つい漏らしてしまった感想に、ユーリスが笑う。

「お前なー、コニーンに失礼だろう。よし、後で食わせてやるよ」

「……えっ」

「文句は食べてから言え」

「じゃあ、美味(おい)しくなかったら、ユーリスのせいね」

私が思わず軽口をたたいた瞬間、ユーリスは茶色に輝く瞳を大きく見開いた。そして何かに驚いたように口を少し開いた後、目を細めて笑う。

私はその表情の変化を不思議に思って見つめていたが、ふと気付く。

そういえば今、テンションが上がりすぎて敬語を使うのを忘れていた。

そして名前まで呼び捨て……

「す、すみません！」

慌てて謝ると、ユーリスは少しふて腐れたように唇を尖らせた。

「なに謝ってるんだよ」

「失礼な呼び方を……」

「ああいい、いい。敬語とか堅苦しくてな」

気にするなと言わんばかりに、ユーリスは手の平をひらひらと振り、上機嫌に言った。

「俺はその方が好きだぞ。マリが一歩近づいてくれたみたいで」

「……え」

「だから、そのままでいい。ユーリスと呼べよ。お前は特別だから」

真面目な顔をしたユーリスの顔を見つめると、瞳を潤ませて優しげな微笑を見せている。

ユーリスはそう言ってくれるけれど、いきなりは厳しい。徐々に砕けた口調にしていけばいいのだろうか。

ユーリスの顔を見続けていると、彼の頬がほんのりと赤くなってきた。そして、照れ隠しとばかりに彼は目をそらす。

「さぁ行くぞ！」

ユーリスはそう言って私の手を取り、街を駆け出した。

私は持ってきたポーチを握りしめる。中に入っているのは、私が下働き時代に貯めたお給金だ。

あれから使う機会がなかったので、今がチャンスとばかりに全財産を持ってきた。

お金だって使わなければ、ただの紙切れと丸い物体。有効に活用しなければ、巡り巡って自分のところに戻ってこないのだと、私は信じている。

期待に胸を膨らませ、まず私は焼き立てのパンにかじりつきながら街を歩く。そんな私を見てユーリスが意外そうに目を見開いた。

「歩きながらなんて、豪快な食べ方だな」

私は口を動かしたまま、視線をユーリスに向ける。

だって、この方が時間が無駄にならないでしょう？

この街は食べ歩きが許される場所らしいので、私も真似たまでだ。

「あっ、このお肉、美味(おい)しい」

「そうだろう、そうだろう」

まるで自分のことのように喜ぶユーリス。うん、これは私も素直にコニーンの頬肉の美味しさを認めよう。

パンと、そこに挟んだ甘辛く煮たお肉の組み合わせは食が進む。この調子なら何個でも食べられ

そうだ。

買ったものを食べながら賑わう街を歩いて見ていると、子供の頃に行った縁日を思い出した。久しくこんな雰囲気を忘れていたため、懐かしくなり、ついはしゃいでしまう。

ふと顔を上げると、私を横目で見るユーリスと目が合った。

その綺麗な横顔は太陽の光を浴びて、いっそう輝いて見える。

ユーリスは、馬車の中で上品な上着を脱ぎ、ブラウス一枚になって貴重品であるブローチ、カフスボタンなどの高級品を外していたけれど、それがなくなっても本来持っている気品は消せない。

優しげな茶色の瞳を私に向け、口の端を上げて微笑むユーリスに聞いてみる。

「どうして私をここへ……連れて来てくれたの？」

すると、ユーリスは特に大したことでもない風に言う。

「それは俺が退屈していたのと、お前も暇そうだったからだ」

その答えに笑ってしまった。

暇そうだから連れ出したなんて、ユーリスらしい。

私をここまで引っ張ってこれる人物は、ユーリスぐらいだろう。

あとは――王。私に外出許可をくれないどころか、軟禁状態にしている張本人。

私がユーリスと抜け出したと知ったら、もちろん怒るだろう。それだけじゃ済まないような気もするけれど……今は考えるのはやめよう。

だけど次に会ったら、無謀なことをしてまで外に出たかった理由を、きちんと話そう。そして、私からイルミさんを離した上に、軟禁状態にした理由を聞こう。本当に足の怪我だけが理由なの？　って。

王は、真面目に話せば聞いてくれそうな気がする。きっと……たぶんだけど。

「マリはわかりやすいな」

「え……私が？」

急にユーリスに言われた言葉に驚き、思わず聞き返す。

「ああ。不満だと思ってるって顔に書いてあるぞ」

そう言ってユーリスはクスリと笑い、私の頬を軽くつねった。

「部屋に入った時から、むくれていたな」

それは確かに認める。五日間も閉じ籠(こ)もりっきりで、心身共に腐ってきていたのだから。

「マリは後宮の他の女達と違うな」

「どこがですか？」

「後宮にいる女達は上品で物静かで、常に好意的な態度を崩さない。だが心の中ではどう思っているのかわからん。本音を隠すのが上手だからな」

「……」

「本心は決して明かさないくせに、こっちの心の内をのぞこうと必死だ。己(おのれ)の手の内を明かさない奴に、こっちも本心を聞かせようなんて思うか？」

嘲笑(あざわら)うように鼻を鳴らしたユーリスが、一瞬近寄りがたい空気を醸(かも)し出す。あっけらかんとしているけど、意外と人のことを見ているんだな。

「それに加えて、皆が流行りの服装に化粧。誰が誰だか見分けるのが難しいんだ」

「そうですね」

その点ではユーリスと同意見だと感じる。

皆美しいのだけれど、誰もが流行にのった外見なので、同じに見えるのだ。それが悪いわけではないが、たまには自分の好きな格好をすればいいのにと思う。まぁ、格好に無頓着な私も、これはこれで問題だろうけど。

「後宮の女達で違うところといえば、乳のでかさぐらいだろ」

「……はぁ」

……それもどうかと思いますが。

ユーリスを少し見直していたが、前言撤回する。やはりユーリスと私とでは、見ているところが違いすぎる。

「まあ、それはいい。今は今を楽しむべきだ。よし、次はあの店でも見るか」

ユーリスと一緒に、大通りに面している雑貨屋に入った。女の子が好きそうなアクセサリーや小物が売っている。

ビーズの髪飾りがとても綺麗で、思わず手に取って眺めた。細かい細工が施されていて、大きさも重さも髪を留めるのにちょうどいい。

「欲しいのか？」

「いえ、見ていただけです」

髪飾りも素敵だけど、他の物も見てみたいと思い、そっと商品を棚に戻す。

雑貨屋の中を見て回ると、髪飾りのほかに銀細工のネックレスやガラス玉のついたイヤリングもあった。どれも可愛くて、見ているだけで心が躍った。

店を出て、次はどこへ行こうかと考えていたら、背後から急に声をかけられた。

「マリ！」

遅れて店を出て来たユーリスだった。振り返ると同時に、急に頭を引き寄せられる。

反動でぶつかったユーリスの胸元からは、爽やかな香りがした。

「動くなよ。……っと、結構難しいな、これ」

そんなことをブツブツ言いながら、私の頭を触るユーリス。いったい何をしているのだろう。私は身を固くしたまま、状況を見守る。

しばらくすると、ユーリスは体を離して私の両肩を掴み、顔をのぞき込んだ。

「出来た」

茶色の瞳を細め、白い歯を見せてあどけない顔で、ユーリスはとても満足そうに笑う。

おずおずと手を伸ばして頭に触れると、私の髪のトップの部分だけ、何かで一つにまとめられている。手触りからして、これはビーズの髪飾りだ。

「これ……」

「これをずっと見ていただろう？　だからやる」

ユーリスからの突然の贈り物に驚く。お世辞でも上手な留め方とは言えないけれど、慣れない手つきで頑張って髪につけてくれたことが嬉しい。

自分のお給金もあるし、ここまでしてもらっていいのかな。だけど、無邪気な子供のような彼の笑顔を見ていると何だか断れない。私は遠慮せずにもらうことにした。

「ありがとうございます。とても嬉しいです」

お礼を言うと、ユーリスは少し頬を赤く染めた後、視線を私からそらした。


そうしてひと通り街を見て歩いた後、ユーリスは飲み物を買ってくると言い、屋台へ向かった。彼が戻ってくるまで、私は大通りの隅に置いてある木箱の上に座って休むことにした。

ボーっとしながら、行き交う人々を見つめる。混雑しているけれど、誰もが各々(おのおの)の時間をゆったりと過ごしているのを見て、思わず頬が緩む。

ここはとても居心地が良い。当たり前なのだが、後宮の雰囲気とは全然違う。

後宮はいつも気が抜けない。誰かに意地悪をされるかもしれないと、気を張って生活している。

だが街では、誰も私のことなど気にも留めないのだ。それが、なんだか嬉しい。

そんな気持ちで街を眺めていた私は、急に肩を叩かれて振り向いた。

てっきりユーリスかと思ったのだが、そこにいたのは見知らぬ男性だった。

この木箱に座ってはいけなかったのかと、慌てて降りる。

そして男性の目が、一瞬鋭く細められたと思った瞬間――

「あっ！」

男性は私の手からポーチをひったくるといきなり走り出し、街の路地裏へと入った。

それは……

私が……

三カ月働いたお金‼

空になった手を呆然と見つめた後、我に返った私は、男を追いかけて走り出した。

女の、しかも日頃の運動不足の私の足では、男の足に敵うわけがない。それに私には土地勘もないから、先を読んで回り道をすることも出来なかった。

ふと気付けば、周囲の雰囲気が変わっていた。

活気あふれる大通りとは違って、小さい道が複雑に入り組み、日の光があまり差さない。

あれ？　ここは、どこ？

なんだか奥まで入り込んでしまったことに気付く。

周りを見回しても、先程の男はいなかった。もうポーチは諦めるしかない。

それよりも、さっきの大通りに戻る道を見つけなくては……

「よお、見かけない顔だな。なにしているんだ？」

焦り始めた私に、背後から声がかかる。

声をかけてきたのは、男二人。

着崩した格好をして、ガラの悪そうな人相をしている彼らの瞳の色は淀んでいる。

にやついているけれど、いったいなにが楽しいのだろうか。嫌な汗が背中を流れる。

「迷ったので大通りに戻りたくて……」

「へぇ、そりゃいけねえや。俺はここら辺に詳しいんだ。連れて行ってやろうか？」

「……」

いや、この男は信用してはならない。

軽薄そうな笑みを浮かべ、私に一歩一歩近づく男達。

腕を取られそうになり、後ずさる。まさに危機的状況――心臓がバクバクと大きな音を立てている。

「マリ！」

緊張している私の耳に、聞き慣れた声が飛び込んできた。……ユーリスだ！

「勝手に走り出すな！　追いかけるのが大変だったぞ！」

怒った声を上げて私に駆け寄ってくるユーリスを見て、男達は舌打ちした。

「なんだ、こいつら」

ユーリスは、この状況がおかしいことに気が付いたようだ。

一瞬で険（けわ）しい顔つきに変わり、私を庇（かば）うように男達の前に立つ。

「へぇ。お姫様を守る王子様の登場ってわけか」

「だけど、見たとこ、弱っちいな。守ってやるどころか、女みたいに綺麗な顔してるじゃんか」

「それともお前も、俺達の相手をするか？」

「そりゃいいや！　こっちも二人、あっちも二人で、ちょうどいいしな」

男達は楽しそうに笑う。自分達が圧倒的有利だと思っているせいか、やたら挑発的だ。

ユーリスが整った顔に冷たい笑みを浮かべる。

「あいにくだが、お前達みたいな器量の悪い奴らの相手をするのはご免だ」

「なんだと⁉」

「見たところ、女にまともに相手にされない可哀想な顔つきだが、悪いのは顔だけじゃないらしい。性根も腐っているな」

男達はユーリスの言葉を聞いて、それまで余裕で笑っていた顔に怒りを見せた。

対するユーリスは、怯(ひる)むことなく言葉を続ける。

「男数人で女一人を囲む輩(やから)は、ろくでなしと決まっている」

「女の前だからって、格好つけやがって……!!」

男達は拳(こぶし)を固め、今にも殴り掛からんばかりの緊張状態を作り出す。

ユーリスは背後にいる私に、小声で話しかける。

「マリ。いいか、一度で覚えろ」

「えっ？」

「俺が合図したら、後ろの路地を真っ直ぐ進んで、突き当たったら右に曲がれ。そしてそのまま、道なりに進み、一つ目の角を左に曲がって、三本目の道を行け」

「えっ、ユ、ユーリスはどうするの⁉」

私の質問にユーリスは答えない。

「絶対に振り返るなよ。俺は後から行くから、先に大通りで待っていろ」

「でっ、でも！」

どう見ても力のありそうな大男二人に対して、ユーリスは一人だ。まともに相手をしたら大怪我を負うだろう。下手したら死んでしまうかもしれない。

「マリ」

混乱している私に向かい、ユーリスは静かな声を出した。

「無事合流出来たら、俺に抱かれろよ」

「――無理です」

こんな時になんて冗談を言い出すのか、この男は。

即答で断った私に、ユーリスは苦笑を見せる。

「お前なぁ、こんな時ぐらい雰囲気に流されて『はい』と言えよ」

「……だって」

「じゃあ、口づけで許してやる。だから一人で行け」

「でも！」

そうしたらユーリスはどうするの？　ここに残るの？　あの男どもを相手に……!?

「まったく俺は好きじゃないんだよ、こういうの。むさくるしい男どもに力技とか、俺の綺麗な顔に傷がつく」

「じゃあ！　一緒に走って、二手に分かれて……」

ユーリスは私の提案に、黙って首を横に振る。

「俺は自分が傷つくのも嫌だが、それ以上にお前が傷つくのは耐えられん。――だから行け!!」

ユーリスは振り返ると、私の体をひっくり返し、背中を精いっぱいの力で押した。

それを合図にしたかのように、私は走り出した。約束通り、振り返ることはせず、全力で走り続ける。

涙で路地がぼやけて見える、私が走り出した瞬間、背後から聞こえる喧騒（けんそう）。そして、人の殴られる音。

早く誰か――!!

今、私に出来ることは、助けを呼びに行くこと。そう思って無我夢中で走った。

唇を噛みしめて歯を食いしばり、前だけを見て進む。どうかユーリス、無事でいて……!!

ユーリスからもらった髪飾りが頭を滑り落ち、地面に落ちる音が聞こえた。だけど、それを拾う余裕はない。

それから暗い路地をユーリスの指示のまま走り抜けた。

明るい日の差す大通りに出ると、元いた場所へと戻ってこられたことを実感する。

「アオイ様！」

背後から名前を呼ばれて、肩がビクッと揺れた。

驚いて振り返ると、そこにいたのは、フードを深く被った人物だった。その人物は私に駆け寄り、フードを取る。

「イルミさん……！」

その顔を見た瞬間、安堵から足がガクガクきて、その場にへたりこんでしまった。

しっかりするんだ、今はまだ安心する時じゃない‼

私を抱き起こそうとするイルミさんの手にしがみつき、必死に訴える。

「ユーリスが……！　路地裏で‼」

泣きそうになりながら伝える。すると、イルミさんはうなずき、私の肩を掴み、全身を見回す。

怪我をしていないことを確認しているのだろう、ひと通りの確認が終わると、硬かった表情が少し緩む。

「まずは落ち着いてください。ユーリス様の護衛がいますから」

「でも！」

あんな緊迫した場面でも、護衛は姿を現さなかった。

本当に側にいたというの？　走り去る際に背後で聞こえた喧騒が、耳から離れない。

「大丈夫ですから、まずは深呼吸してください」

落ち着いた様子のイルミさんの瞳を見つめ、冷静さが欠けていた自分に気付く。

そういえば、イルミさんは、なぜここに――

私の疑問は顔に出ていたようで、イルミさんが静かにうなずいた。

「私はお二人が城を抜け出した時から、ずっと側にいましたよ」

「えっ……」

「実は、本日の朝からアオイ様のもとへ戻る予定でした。夜会の準備がありましたし。それでアオイ様のお部屋へ向かおうと廊下を歩いていると、たまたまお二人のお姿をお見かけしたので、こっそり後をつけたのです」

「イルミさん……」

「ユーリス様もそれに気付いていらっしゃいました。だから、私にアオイ様を託したのだと思います」

じゃあ、ユーリスも護衛の人が側にいるとわかっていて、私を逃がしたって思っていていいんだよね。

「しかし、アオイ様……今回ばかりは無茶をしましたね。失礼を承知で申し上げます。私、これでも怒っているのですよ」

イルミさんの怒りはもっともだ。合わせる顔がない。

「今は、城の中ではないということで、少しだけ下働き時代に戻ってもよろしいでしょうか？」

「は、はい」

これは怒られる前兆だ。間違いない。イルミさんは私が『下働きのマリー』時代に、先輩としてよく面倒を見てくれた。だからわかるのだが、今、私を叱るのは、私のことを心配してくれているからだ。

説教を受け入れようと、しゃんと背筋を伸ばした私に、イルミさんは腰に手を当てて言う。

「何を勝手な行動を取っているの！　いくらなんでも、危険すぎます！　外に出たいという気持ちはわかるけれど、今回のことは決して許される行動ではありません。皆がどれだけ心配したと思っているの!!」

「ご、ごめんなさい」

「無事だったから良かったものの、次からは自重なさってください！　どこに危険が潜んでいるのか、わからないのですから!!」

　イルミさんの言うことは正論で、返す言葉もない。だけど、私なりの考えは伝える。

「ま、街に出たかったのは確かなんだけど……けど、一番の理由は、イルミさんを私の側から離した王に抗議したかったの。心配かけてごめんなさい」

「……アオイ様」

　反省する私を見て、彼女は息を一つ吐き出した。

「申し訳ありません、私にも非はあるのです。出来る限り自由を楽しんで頂きたいと思い、ギリギリまで様子を見ようと判断したのですが……今は、それが間違っていたのだと悔いています」

　頭を下げるイルミさんの姿を見ていると、心の底から罪悪感が湧いてくる。彼女が謝ることなんてないのだ。

「しかし無事で良かったです。アオイ様に何かあれば、それこそ王は許さないでしょうから」

　投げられた言葉の重さが、胸にズシリとくる。なんて軽率な行動を取ってしまったのだろう。

『これから先も、お前の軽率な行動で迷惑を被る人間がいるのだということを、覚えておけ』

不意に頭に浮かぶのは、先日王に言われたばかりの台詞。

それにユーリスだけじゃなく護衛の人も怪我をしたら、私の責任だ。最悪な想像が頭の中を駆け巡る。

イルミさんは、私の顔色を見て何を考えているか察したようだ。

「大丈夫ですよ。護衛が側にいますから、ユーリス様は必ずや元気にお戻りになるはずです」

イルミさんに肩を優しく撫でられて、少しだけ落ち着きを取り戻す。

こうして、私はイルミさんに連れられて、城へと帰っていった。


城に戻ってきた時には、もうお昼をとっくに過ぎていて、むしろ夕刻に近かった。

部屋に戻るとすぐに、イルミさんは今夜開催される夜会の準備を進めた。

忙しそうなイルミさんとは違って、私の頭の中は心配事でいっぱいだ。

ユーリスは無事だったのか、今回の件は王の耳にはまだ入っていないのだろうか――

暗い気持ちになっていると、まずはお湯を浴びるように勧められる。そういえば、全力で走ったせいで汗をかいていたことに気付く。

花のエッセンスの入った白い湯船に浸かると、気持ちがほぐれてきた。

先程の街でのこともあり気の進まない私は、イルミさんに確認してみる。

「どうしても出なきゃダメ？」

「アオイ様……」

本音を言えば、夜会に出席するよりも、部屋で大人しくしていたい。これでも深く反省しているのだ。だが、イルミさんに視線でダメ出しをされる。

私は大きくため息をついた。仕方ない、周囲に迷惑をかけた上に我がままを言って欠席するなど許されないだろう。

湯を浴びた後、部屋で悶々（もんもん）としていると、ドアがノックされた。イルミさんが対応していたのだが、やがて私のもとに来て告げる。

「ユーリス様が戻られたそうですよ」

「本当に!?」

それを聞いた私は椅子から立ち上った。

「怪我はしてない？　大丈夫かな!?」

「詳しくはわかりませんが、ご無事だそうですよ」

イルミさんの言葉に、とりあえず胸を撫で下ろした。

出来ることなら、自分の目でユーリスの無事を確認したい。夜会になど出ている場合じゃないと思うけど、仕方ない。

ふと、頭に浮かんだのは、以前出席したことのある夜会のワンシーン。

綺麗に着飾った後宮の女性達に囲まれる王。

皆が王の側に行きたくて、名指しで呼ばれたくて、必死に自分をアピールしている。

けれど、私にとってはどれだけ自分の気配を消すことが出来るのか、挑戦する場所だ。

「アオイ様……」

心配そうに顔をのぞき込むイルミさんの声に、私は我に返って顔を上げた。

「ううん、なんでもない。少し遅くなったけど、準備を手伝ってもらっていい？」

これ以上、イルミさんを困らせてはいけない。

意を決して、鏡の中の自分と向き合う。

鏡に映る私の顔色は、いつもより悪い。なんだか憂鬱（ゆううつ）になって、そっとため息をついた。

「アオイ様。今日のドレスはこちらでお願いします」

そう言われてイルミさんがクローゼットから出してきたのは、見たことがない白いドレスだった。

心なしかいつもより豪華なドレスだと感じる。

きっと先月と同じでいいと投げやりだった私のために、イルミさんが用意してくれたのだろう。

イルミさんに着替えを手伝ってもらい、白いドレスに袖を通す。

肌触りのよいドレスは、華美すぎず地味すぎず、洗練されている。しかも、細かな刺繍（ししゅう）の入ったレースがふんだんに使われていた。なんて贅沢なデザインなのだろう。

特に、腰まわりについている花のコサージュがアクセントになっていて、可愛らしい。

首にはパールのネックレスを着ける。そして髪を高く結い上げ、そこにドレスとお揃いの花のコサージュを挿（さ）した。小指の爪ほどの白い花の耳飾りは、中央にパールが埋め込まれている。その可愛らしい耳飾りは、一目で気に入った。イルミさんは、私の好きそうなデザインを知り尽くしていると思う。

イルミさんが私の唇に紅を引く。疲れて白くなっていた私の顔に、赤みが入る。それだけで、印象がガラッと変わったと思いながら、鏡の中の変身していく自分を見つめた。

「出来ましたよ」

私の髪を整えて最終チェックを終えたイルミさんが言う。

気付けば、夜会はもう始まる時間だ。気が進まず重い体を動かし、椅子から立ち上がる。

「アオイ様、今回の件は必ず王のお耳に入ります。いえ、すでにご存じなのではないかと思いますが……」

「うん、わかってる」

これだけのことをやらかしたのだから、王の耳に入っていて当然だ。激怒されるのはもちろんのこと、どんな罰が待っているのか、想像すらつかない。

だけど、その罰を受けよう。軽率な行動を取った私が悪いのだから。

こうして私は、重い足取りのまま会場へ向かうため部屋を出た。

夜会の会場はとても広く、入り口の扉も何カ所かある。

私は上座から一番離れた扉から入ろうと考えていた。扉を少しだけ開けて、中の様子を窺う。

扉の隙間から、楽師の奏でる音楽が流れてきた。立食している人の波が見える。

中はかなり盛り上がっているみたいだ。私は遅れてきたことを悟られないように、何食わぬ顔してそっと扉を開け、そこに身を滑り込ませた。

周囲の人達は背が高い上に、女性はヒールの高い靴を履いているので、小柄な私なら簡単に人の波に紛れることが出来る。いつも背が高い人が羨ましいと思っているが、小さいなりに便利な時もあるのだ。

そんなことを考えながら、私はなるべく目立たない場所を探して歩く。

やがて、壁とカーテンの間を見つけた。このカーテンの陰に隠れれば、周囲の人間から見えにくいだろう。

私がここまで隠れようとするのは、女性達からよく足を踏まれたり、時にはワインを服にかけられたりするからだ。謝罪してはくるものの、うわべだけ。まるで『あんたが悪いからよ』とでも言わんばかりの雰囲気を醸し出すのだ。

もっとも服を汚された時は、それを理由にして早々に退席したから、こちらもただでは転ばなかったけれど。

自分の定位置を決め、壁にもたれて一息つくと、やっと周囲に目をやる余裕が出てきた。

雑談をしている人達の輪は、いくつかの塊に分かれている。有力な貴族達が派閥を作っているのだ。今ではそれを一瞬で見抜くことが出来るようになった。

まあ、一匹オオカミの私には、あまり関係ない。いや、一匹小動物か。

ちらりと上座に目を向けると、そこには漆黒に金の飾りが施された礼装を身にまとった人物がいた。その美貌を見た者は、一瞬息を呑むに違いない。

それに、整った顔立ちの王が放つ威圧感は半端じゃない。人が三人は座れそうな長いソファに一人で座り、頬杖をつきながらグラスを持っている。

グラスにワインを注いでいる女性は、ウェンデルだ。精いっぱいしなを作り、上目遣いで王を見ている。

私に対する態度とは、えらい違いだ。もっとも、あんな目でウェンデルから見つめられたくはないけれど。

しかし今夜の王は、やけに不機嫌そうな表情をしている。

あまり近づきたいとは思えない。いや、むしろ離れていたい。

もはや顔つきと身にまとうオーラだけで王の機嫌がわかるようになったのは、私の特技と言ってもいいのだろうか。

まさか、私の無断外出のせい？　いや、よく考えれば、王は朝から夜までびっちり予定が入っていて忙しいのだった。まだ知らないと思いたい。

ウェンデルが誘うような目で王を見ているが、相手はちっとも見やしない。少しウェンデルに同情する。……が、いい気味だと思ってしまった私もたいがい性格が歪んでいる。

その時、広間を見渡していた王の不機嫌そうな視線が、私を捉えたような気がした。一瞬だけ、何かを見つけたように目を見開き、小さく口を開けている。

しかし、この人数に、この距離だ。私の気のせいに違いない。

今のはなかったことにして、私は熱気のあふれた広間の隅で一人ため息をつきながら、壁に寄りかかる。

本当にユーリスは大丈夫なのだろうか……。さっきから、それが気になる。

「アオイ様……！」

気配を消していたはずなのに名前が呼ばれ、驚いて顔を向ける。近づいてきたのは、王の側近であるイマールさんだった。

いつもは優しげな微笑みを浮かべている彼が、切羽詰まった表情で私の名を呼んでいる。

「本当にご無事で良かった……‼」

それを聞いて、イマールさんが今日の件を知っているのだとわかった。

「私もこの夜会の前に、報告を受けたばかりです。……ですが、王の耳にはまだ入れていません。今、王に報告するのは得策ではないと判断しました」

イマールさんが上座へとこっそり視線を向けた。

彼が何を言いたいのかを察して、私は黙った。確かに、王の機嫌が悪いのは見てわかる。

「この夜会後に、私から王に報告いたします」

イマールさんはトレードマークとも言える眼鏡の縁の中央を、指でクイッと押し上げた。

「いえ、自分から報告したいと思います」

私は決心してイマールさんに告げた。

イマールさんに嫌な役目を押し付けるわけにはいかない。そもそも私が悪いのだ。自分で蒔いた種は自分で刈り取るべきだろう。

イマールさんは悲痛な表情をして、私に気遣わしげな眼差しを送る。

「アオイ様……。頑張って下さい!!」

力強い応援の言葉をイマールさんから頂いたけれど……ああ、気が重い。

「では、今から王のお側へおいでください」

「……えっ？」

い、今からですか？　心の準備がなにも出来ていないのですが。

この場で怒られるのだけは避けたい。まさに公開処刑もいいところだ。

戸惑いながらも上座にいる王に視線を向けると、遠方からでもわかるくらい真っ直ぐに私を見ていた。赤い瞳に射抜かれる。やはり私に気付いていたのか。

「アオイ様。さあ、こちらへ」

イマールさんの声はどこか焦りを感じさせる。

「でも……」

あそこは上座でしょう。身分も何もない私が行ってもいい場所なの？

「王がご立腹なのは、あなたが来ないからだと思います」

そう言われて、思わず王とイマールさんを交互に見る。

確かにこの広間に入った時から、どことなく王が不機嫌だと感じていたけれど、それは私のせいだというの？

「一刻も早く、ご移動お願いします」

イマールさんがますます真剣な声色を出すので、私は驚く。

「あの、今じゃないとだめですか？」

「私があなたと何を話しているのかと、気が気じゃないのです。これ以上機嫌を損ねるのは、我々としても避けたいところです」

所有物だと思っている小動物が、飼い主である自分を放置して、他の人と話しているのが気に入らないのか？

「今夜の王は、そんなに機嫌が悪いのでしょうか？」

「……そうですね。ですが、アオイ様が王のお側に行ってくだされば、すぐに治りますよ。では、行きましょう」

そう言ってイマールさんは、切れ長めの瞳を細める。そして優しい手つきで私の手を取った。

「アオイ様。報告する前に、十分に王の機嫌を良くする必要があります。頼みましたよ……！」

イマールさんはそう力説するけれど、王の機嫌を良くしろって、どうすりゃいいの？　それは私でも出来ることなの？

きちんと説明して欲しいと思うものの、イマールさんはどんどん私を上座へとエスコートする。

そして王の側まで近づくと、イマールさんが王に話しかけた。

「王。アオイ様をお連れしました」

「――遅い」

明らかに不機嫌そうな声を出し、王はゆっくりと美麗な顔をこちらに向ける。

ニコリともせずに、赤く輝く瞳で私を見る。それだけで迫力満点だ。

「何をしていた」

「申し訳ありません。準備に手間取りまして」

広間に来るのが遅れてしまったのは確かだけど、そんなに遅刻はしていないはず。

少し不服に思いながら王を見ると、王が私の全身を見つめていることに気が付いた。

頭のてっぺんからつま先まで、まるで品定めするかのように王は目を動かしている。

ドレスと化粧が全然似合わないと、文句でも言われるのだろうか。

しばらくすると王は、自分の隣に座るように目で指示してきた。なので私は、ちょこんと王の隣に腰をかける。

どれぐらい近づいていいのかわからないので、王との間には、もう一人ぐらい座れるほどの空間をあけた。

この広間にいる人々は、私がここに座ったことに驚いているだろう。見ていないようで、絶対見ているはずだ。

何よりも、王を挟んだ反対隣に立つウェンデルの視線が痛い。

チラリと視線を向けてみれば、案の定――

『なぜ、あんたごときの女が、その席に座るのよ！』

そんな憎しみが込められた眼差しを感じる。目は口ほどに物を言うとは、このことだ。

今日のウェンデルは、いつも以上に妖艶(ようえん)なドレスを着て、王を誘惑しようと考えたみたいだが、不発に終わっているようだ。

しかも、胸元には銀細工の飾りがとても立派なブローチまで着けている。赤紫色の宝石が目に痛いほど輝いていて、毒々しい中身のウェンデルによく似合っていた。素晴らしい品物だと思うけど、私の趣味ではない。

ウェンデルはその胸元のブローチと胸の谷間を強調しながら、王のグラスにワインを注ぐ。ワインと共に大きな胸までこぼれ落ちそうだ。

ワインを注ぎ終わったウェンデルは、王に下がるよう命じられた。彼女は王に向かって優雅に微笑むと、礼をして一歩下がる。しかし、私に憎悪の眼差しを向けるのを忘れない。

あまりの恐ろしさに目線をそらす。すると突然、腰が掴まれ、王に引き寄せられていた。

「——こっちだ」

鼻腔をくすぐるのは、ムスクとアンバーを混ぜ合わせたような、クールで甘い官能的な香り。

それを感じた瞬間、ふいに王と過ごした一夜を思い出す。

逞(たくま)しく引き締まった胸の中で抱きしめられ、この香りを感じたあの夜を——

急に顔が紅潮して、落ち着かなくなる。静まれ、私の心臓め。

息を深く吸った後、顔を横に向けると王の整った顔が間近にあった。驚いてのけぞるが、王がより力強く腰を引き寄せてくるので、王の胸元に飛び込む形になってしまった。より一層、王の香りと厚い胸板を感じて、心臓が跳ねる。

腰に回された手は大きくて、私を逃がそうとはしない。

このまま隣に座っていろ、ということなのだろう。こんなに落ち着かない場所なのに……

私は、心臓の音が相手に聞こえないように何とか気持ちを静める。すると、隣から声がかかった。

「何か飲むか？」

「いえ、大丈夫です」

「では、食べたいものはあるか」

「いえ、それも大丈夫です」

「ならば、お前は何が望みだ。言ってみろ」

あいにく喉(のど)は渇いていないし、お腹(なか)もいっぱいだ。

呆れた声の主を見ると、不満そうな顔で頬杖をついて私を見ている。

私の一番の望みは、ユーリスの無事をこの目で確認することです。そう伝えられたら、どんなにいいか。だが、まだ言うわけにはいかない。その前に、王に言わなきゃいけないことがある。

「やはり、お前は白が似合う」

「え？」

「そのドレス」

突然、王が私のドレスを顎(あご)でさす。

私は自分の着ているドレスを改めて確認してみた。

このドレスは肌触りが柔らかい素材で作られている。ふんだんに使われたレース部分に小さく金の糸で刺繍(ししゅう)が施(ほどこ)されてあり、それが幾重(いくえ)にも重ねられているデザイン。透明なチュールを使用しているためか華やかな印象になり、とても素敵だ。

腰回りとお揃いの、髪につけた花のコサージュが映えるよう、イルミさんが張り切って髪を結い上げてくれた。

このドレスは、イルミさんが選んでくれたと思っていた。だけど王の言い方だと――

「あの、もしかしてこのドレスは……」

王は静かにうなずいた。

「お前が前回と同じでいいなどと言うからだ」

先日の会話を覚えていたの？　だから、わざわざ贈ってくれたの？

「この耳飾りも……？」

ドレスだけじゃなく、耳飾りやパールのネックレス、コサージュなどの装飾品も全部？

またもや静かにうなずいた王を見て、私は自分の顔が綻(ほころ)ぶのを感じた。

「ありがとうございます」

素直にお礼を口にすると、王は「ああ」とだけ言葉を発した。今日の夜会の衣装一式は王からの贈り物だったのだ。

だったら最初から、言ってくれてもいいじゃない。けど言わないところが、王(かれ)らしい。

そう思いつつも、私の心が温かくなる。

下から見上げる王の表情からは、先程広間に入った時にあった不機嫌さが感じられない。

今なら二人きりだ。整った顔を見つめながら私は恐る恐る口を開く。

「あの……」

「なんだ」

城を抜け出した件を伝えようとしたが……ダメだ、私が何を言うのか、周囲の人が聞き耳を立てている。やはり、大勢の人がいるこの場で言うことではない。せめてもうちょっと静かな場所で伝えよう。

「――言ってみろ」

促(うなが)してくる王の一言に、なぜこうもプレッシャーを感じるのか。

下を向いて少し考えたあと、勇気を出して王の顔を見た。

「あの……お願いがあります」

「お願い？」

王は眉をひそめ、頬杖をついていた顔を浮かせる。

「なんだ、言ってみろ」

顔をずいと近づけてくる王の瞳が、やけに力強く輝いていて怖い。

「今夜、静かな場所で二人になりたいのです、が……」

私は思い切って口にした。怒られるのならば、人目のない場所がいいに決まっている。

王は、目を数回瞬(しばたた)かせて無言になった。怒っているのだろうか？

その沈黙が永遠に続くかと思われたその時、王が鼻で笑った後、口を開いた。

「――最初から、素直にそう言えばいいものを」

そして私の唇を、人差し指でそっとなぞった。その手つきは優しい。

「お前が望めばいくらでも時間を作ってやる」

魅力的に笑う王に見つめられると、静まったはずの心臓が、また音を立て始める。なぜこんな状況なのに、頬が熱くなってくるのだろう。これから確実に王に怒られることを告白するのに。

王の視線を受けて落ち着かなくなった私は、冷静さを取り戻そうと広間に視線を向けた。

その時、広間に入ってきた人物の姿を見て、目を見開いた。

「あっ――!!」

思わず叫んで腰を浮かせた私を、王は不思議そうな目で見る。

私の視線の先にいたのは、細身の体で白い盛装を身にまとう男性――ユーリスだった。

ああ、良かった！　ユーリスは本当に無事だったんだ!!

その姿を見て、安堵で涙が出そうになった。強張（こわば）っていた私の体から力が抜けていく。

ユーリスが広間に入ってくると、周囲に人だかりが出来た。その輪の中心にいるユーリスは、今夜の主役かのように輝いて見える。

社交的に振る舞い、それでいて独特の存在感を醸（かも）し出すので、人の目を引き付ける。

加えて王族という高い身分を持っているので、誰もがお近づきになりたいのだ。

つい観察をしていると、ふと、ユーリスが私のいる上座に目を向けた。

私に気付いたのだろう、ユーリスは茶色の目を少しだけ見開いた後、微笑する。

『大変だったな。大丈夫だったか？』

まるでそう問われているような、どこかに照れが含まれている、ユーリスのアイコンタクト。秘密の共犯者だからこそ、わかる。

私も応えたいが、視線だけでどう返せばいいのかわからない。

あの場から、どうやって帰ってきたの？　あの男達はどうなったの？　怪我はないの？

今すぐ近寄って、話を聞きたい衝動に駆られる。

そわそわしていると、私の動揺に気付いた王が声をかけてきた。

「どうした」

美麗な顔で、どこか探るような眼差しを向けてくる。しかし、この場では言えない。

あとで二人になった時、自分の口から伝えるのだ。

「いいえ。なんでもありません」

慌てて取り繕うも、王の疑わしそうな視線は外れない。

「――気に入らん」

呟くように聞こえた声の主に視線を向ける。

「俺の隣にいながら、心をどこに飛ばしている」

王は頬杖をつき、不機嫌に彩られた赤い瞳で私を見据える。腰に回された手に、一瞬ぎゅっと力が入る。

しまった、ユーリスに気を取られて、王の存在をまるっきり無視していた。

私は、上目遣いで恐る恐る王の顔色をうかがう。

王の、無表情なのに文句を言いたそうに見える顔を見ていると、不意に笑いがこみ上げてきた。

「なんだ」

「……いいえ」

威圧的な声を放たれたのに、なぜか少し笑ってしまった。まるで、自分のことだけを見ろ、とでも言っているみたいだったから。この人は、たまに子供みたいなことを言う。

口の端をわずかに上げて微笑した私を、王が黙って見つめる。

そんな時、太った男性が一人、王の側に寄ってきた。

「申し訳ありません、王。少々お話しさせていただいてもよろしいでしょうか」

男性に気付いた王が、面倒臭そうに顔を向ける。

「グレゴル、なんだ」

「ここでは少し……。場所を変えてお願いしたいのです」

この人、よく王の側にいるのを見かける。

グレゴルと呼ばれた男性は太めで、髪の薄い、中年の男性だ。

着ている服は上等だが、ジャラジャラした装飾品で台無しになっている。太い指に光る金の指輪がごてごて連（つら）なり、あまり趣味がよろしくない。

この人も、イマールさんと同じ側近の一人なのかしら。

そう思って見ていると、グレゴルに横目で睨（にら）まれた。

私の存在が邪魔だと言わんばかりの視線と共に感じるのは、敵意。後宮の女性達から向けられる視線と同じ種類だ。

王は面倒臭そうに、長い前髪をかき上げる。

グレゴルの顔を見て、気だるげに息を吐き出した後、私に視線を投げた。

「グレゴルと話を終えたら、部屋に戻る。お前も来い」

「え。でも……夜会が……」

夜会が始まってから、まだそんなに時間がたっていない。それなのに、もう退出すると言うの？

「俺がいなくても、皆、勝手にやるだろう」

「……」

「二人になりたいと望んだのはお前だ。それまで大人しく、ここで待っていろ」

話をしたいと思って、そうは言ったけど、何も今すぐにというわけじゃない。

それに、もうちょっと王の機嫌をうかがってから、いいタイミングを狙って話をしたかったと思うのは、甘いのだろうか。引き伸ばしても意味がないことはわかっているけれど、怖いものは怖い。

そんなことを考えている私に、王は優しげな微笑を投げた後、手を離して立ち上がる。そして、話を聞くため、グレゴルに促(うなが)されて少し離れた柱の陰へ移動した。私は、王の広い背中を黙って見つめる。

わざわざ移動するなんて、よほど大事な話らしい。政治がらみのことだろうか。

では私はこの隙にユーリスと話をしに行こう。今がチャンスとばかりに、腰を上げた。

「すみません。やはり喉(のど)が渇いたので、飲み物を取ってきます」

王の背中へ声をかけたが、果たして聞こえていたのか、いないのか。話の邪魔にならないようにと、私は返事を聞く前に席を立った。

ふと、床に光り輝く何かが目に入る。

不思議に思い拾い上げて見てみると、それは赤紫色の宝石のブローチ。ウェンデルが胸元につけていた、豪華で派手派手しいブローチだ。

なぜこんなところに？　さっき、ウェンデルが立ち去った時に落としたのだろうか。こんな高価なもの、簡単に落としていくなと一言、言ってやりたい。……言えないけど。

拾ってしまった手前、そのまま床に置いておくわけにもいかない。

これは、後でイルミさんにお願いして、ウェンデル付きの侍女にでも渡してもらおう。どうせ私が渡したところで、返ってくるのは嫌味だけだろうし。

それよりも――

広間にいるユーリスに再び目をやる。

私は上座から降り、飲み物を探す振りをしてユーリスに近づいた。

その途中、ちょうどウェンデル付きの侍女を見かけた。名前は知らないがいつも彼女の側にいるので、きっとそうだ。私は彼女を呼び止め、ウェンデルに渡して欲しいとブローチを託した。侍女はブローチを受け取ると、ニコリともせずに頭を下げる。

良かった、これでイルミさんに頼むまでもなく片付いた。さあ、後は一刻も早くユーリスの無事を間近で確認しなくては！

ユーリスに近づくと、彼はすぐさま私に気付いた。

私を見つめた後、廊下へと視線を投げる。

私はユーリスのアイコンタクトを受け取ってうなずくと、広間の一番隅に行き、廊下へと続く扉を開けた。

そして私が広間の外に出た後、ユーリスもまた、自然な形で別の扉から廊下へと出てきた。

その結果、無事ユーリスと廊下で合流出来た。

誰かに見られて変な噂を立てられては困るので、隣の部屋に入り、急いで扉を閉める。

「ああ……」

間近で見ると、少しだけユーリスの右頬が腫（は）れていた。やはり、無傷ではすまなかったのだろう。だけど想像していたよりは軽傷で、そのことに安堵する。ユーリスは悪戯（いたずら）がばれた子供のような表情で苦笑していた。

「ごめんなさい」

「なんでお前が謝るんだよ」

「だって私のせいで……」

「これぐらい、大したことじゃないだろ」

ケロッとした顔で言うユーリス。

「でも……」

「こんなもの、小さい頃に体術を教え込まれた時の怪我に比べれば大したことない。王族は身を護る術を幼い頃から学ぶんだ。日常に潜（ひそ）む危険に、自分でもある程度対処出来なきゃ、やばいからな。

まあ、だいたいは誘拐とか暗殺とかを想定してだけど」

ユーリスの言葉を聞いて、住む世界が違うと感じる。彼は王族だが、ただ大事に育てられていたわけではないことが察せられた。

「むしろ悪かったな。お前を喜ばせるつもりが、逆に不安にさせた」

「えっ？」

「こんなつもりじゃなかった。ただ、珍しくお前の元気がなかったから、街に行けば元気も出るかと思ったんだ」

初めて目にする、ちょっとしおれた様子のユーリスを見て、なんだか微笑ましくなった。

「危ない目にあったけど、十分楽しかった」

この気持ちは本当だ。城から抜け出して見る外の世界に、私はドキドキした。

街の空気を肌で感じて、初めて自分の足で街を歩くことが出来たのだ。確かに怖い思いはしたけれど、こうやってユーリスも無事に帰ってきたし、街では危ないこともあると勉強になった。

ふとユーリスが思い出したかのように、自分の上着から何かを取り出した。

それは、泥にまみれた……

「私のポーチ！」

つい、ポーチを持つユーリスの手にしがみついてしまった。

「ああ、奪い返した。どうやら、奴らはグルだったようだ。一人が金目の物を奪って走って、持ち主が追いかけて来たところを二人が足止めする。それが奴らの手口で、常習犯だったらしい」

泥だらけのポーチの中を確認すると、お金も全額入ったままだった。お帰り、私の給料三カ月分！

そこでふと思い出した。

「あの、髪飾りを落としてしまって……ごめんなさい」

逃げる途中、必死に走ったせいで失くしてしまったのだった。

「せっかく買ってもらったのに……」

「ああ、あんな安物、大したことない」

そう言うユーリスの頬が、ほんのり赤い。ユーリスは照れ笑いしながらも、口を開いた。

「今度、もっといい髪飾りを買ってやるよ」

「え？」

なんだか、無駄に高いものが用意されそうな気がする。

少し返事に困った私は、「ビーズ素材のものがいいです」と苦笑して答えた。何も言わないと、もらったら申し訳なく思うほど高い宝石つきの髪飾りを持ってこられそうだからだ。

かといって突っ返したら、きっとユーリスはむくれるだろう。

そんなことを想像して、思わず笑みがこぼれてしまった。

ユーリスは、笑っている私をしばらく見て、軽く咳払いをした。

「その前に、約束を覚えているか？」

「約束？」

「ああ、もらわないとな」

もらう？　なにを？　私からあげるものなどあっただろうか？

不思議に思い、私は首をかしげた。

「お前に言っただろう？」

「……言った？」

「男に絡まれた時、無事に逃げられたら俺に抱かれろ、と」

「それは無理です」

はっきりと言い切ると、ユーリスが笑う。

「やっぱり無理か」

「当然ですよ。いくら感謝してたとしても、それは無理です」

何をしれっと言っているのだろうか。

記憶をたどれば、抱かせろとか抱かせないとか、そんなことを言っていた気がする。だけど、きっぱり断ったはず、即答で。

すると、彼は爽やかに笑った。

「まあいい、それは諦める。だが、これは覚えているか？」

ユーリスは、どこか楽しげに言う。

「抱かれるのが嫌なら、せめて口づけを寄こせと言っただろう。忘れたなんて言わせないぞ」

「えっ!?」

そんな約束したっけ……!?　動揺する私の頬に、ユーリスが手を添える。

「だからもらうぞ、お前の唇を」

急に腰が引き寄せられ、ユーリスに抱きしめられる。

驚きに目を見開く私の視界に、ユーリスの潤んだ茶色の瞳が入った。

腰に感じる手が熱い。そして鼻腔に感じるのは、新緑を思わせる清々しい香り。

すぐ側で吐息を感じられるほど、ユーリスの顔が近づいてくる。

「……ちょっ……！」

突き放そうと両手で胸元を押すも、びくともしない。やはり華奢に見えても男の人なのだ。

顔を背けても、顎を掴まれ、すぐに戻されてしまう。

急な出来事で頭が混乱し、心拍数が速くなる。ユーリスも冗談にしてはたちが悪い。

このまま流されてはいけないと、抱きしめられている体に力を入れて必死に抵抗する。

だから、私は気付かなかったのだ。

この部屋に荒々しい足音が近づいてきたことを――

部屋の扉が激しい勢いで開いたと同時に、扉が壁にぶつかる音が響いた。

その瞬間、腰に回されたユーリスの手が緩んだ。

助かったと思い、音がした方へ顔を向けると、そこには一人の男性が立っていた。

彼の髪は乱れ、吐く息は荒い。そして、眉間に皺を寄せて、口の端を噛みしめている。

私とユーリスに対して、明らかに不機嫌な顔を向けているのは、王だった。

いや、不機嫌などというレベルではない。全身から放たれる感情は、憤怒以外の何ものでもなかった。

その恐ろしさに身を縮めた私に、地を這うような低い声がかかる。

「小動物……。今日は何をしていた？」

その言葉を聞いて、昼間の出来事が王の耳に入ってしまったことを知った。

私を『小動物』と呼んでいるということは、機嫌が悪い証拠で……

「この俺が聞いている。……答えろ」

うっすら微笑しているけれど、王の怒りが肌で感じられる。なにからどう説明すればいいの。人は本当に混乱すると、言葉が出なくなるものなのか。

「アル！　俺が——」

「ユーリス、お前に聞いているのではない」

自分のせいだと訴えようとしたユーリスの言葉を遮り、王は彼に凍えそうなほど冷たい視線を投げる。口の端にゾッとするほどの笑みを浮かべながら——

ユーリスは言葉を失くし、ただ立ち尽くす。

まさに絶対王者の威圧感。全身から放つ怒りの感情を前にすると、無条件にひれ伏したくなるのは、強い者には逆らえないと本能で悟っているからか。私は緊張のあまり唾を呑み込んだ。

「お前が答えないのなら、俺が答えてやろう」

答えないんじゃない。——答えられないのだ。

頭の中では返事が出来るのに、どうしても上手く言葉に出来ない。

自分の額に汗が浮かぶのを感じる。王が怖いのに、目がそらせない。

「今日、勝手に街に出たな」

「……」

「そして男に絡まれたと、今しがた報告を受けた」

「……」

いったい誰だ。そして、なんてタイミングで王に話してくれたんだ。二人になった時、落ち着いて話すつもりだったのに！

まさか、先程王が話していた人物……グレゴルか!?

もしそうなら、なんてことをしてくれたんだ！　計画が全て無駄になったじゃないか。

もちろん、それ相応の怒りを受けることを覚悟していたさ。

しかし、人伝に聞くのと当事者から聞くのでは、だいぶ印象が違うだろう。

他人の口から聞いたと知って、途端に罪悪感が湧くのはなぜか。

「申し訳ない、アルフレッド王。俺が勝手にマリを連れ出したんだ。だから、その怒りは俺に与えてはくれまいか」

王の怒りの感情が広がるこの部屋で、声を出したのはユーリスだ。さすがに王の怒りを感じ取り、真面目に謝罪すべきだと判断したのだろう。

だが、王はそんなユーリスの謝罪を、突っぱねる。

「お前の謝罪を求めているわけではない。それに、なぜ庇(かば)う？」

「誘った責任がある」

「誘ったのが誰だろうと、行くと決めたのは己(おのれ)の意思だろう。つまり、こいつはみずから飛び出して行ったということになる」

王の言うことは正論だ。最終的に街に行くと決めたのは、私自身なのだから。

「ユーリス様の誘いに飛びついたのは、まぎれもなく私の意思です。ですので、そのお怒りはどうか私に」

怒られるほどのことをしたのは認める。だけど聞いて欲しいことがあるのだ。喉(のど)がカラカラになって、やっと声を絞り出した。

「——いつまでそうしているつもりだ」

王に顎(あご)で指され、私は今の自分の体勢にハッと気付く。

恐怖のあまり、いつの間にかユーリスの腰にしがみついていたのだ。

私は慌ててその手を離した。

「お前が勝手に城を抜け出て、男に絡まれたことなど知らなかった。挙句、ユーリスとの熱い抱擁(ほうよう)を見せられるとは……バカにしてくれるわ」

「そんな、バカになんて——！」

「街に出て、そのまま逃げる気だったか」

「違っ……!!」

王はそう口にすると、私の真意を探るように目を細める。

真っ直ぐに見据えられるが、恐怖のあまり目をそらすことが出来ない。弁解しようにも、言葉すら出てこなくなる。

赤い瞳が底冷えする光を放ち、その怒りを全身で受け止める。口答えなんて出来そうもない雰囲気だ。それに下手な誤魔化し(ごまか)や言い訳も通用しない。きっと見破られる。しかし今は何を言っても聞く耳を持たないだろう。

せめてユーリスから距離を取ろうと一歩踏み出した瞬間、ユーリスが私の腕を、ぐっと強く掴んだ。

驚いて振り向くと、ユーリスが強い眼差しで王を見据えていた。

「――アル」

ユーリスの声が静かに響き渡る。

「マリを連れ出した罪は俺にある。だが、暴漢に絡まれたマリを守ったのは俺だ。抱きしめるぐらいの礼は、もらわないとな。俺だって殴られて痛い思いをしたんだし」

やけに冷静な声は、開き直ったようにも感じる。

ユーリスは私の腕を掴む手にさらに力をこめて、自分の方に引き寄せる。

「それに、いつもアルは言っているだろう。後宮の女には興味はない、だから好きにしていいと。だったらマリは俺がもらってもいいか？」

この場で、なんてことを言い出すのだろうか、ユーリスは。

私の気持ちも聞かずに……！

だけど、私自身、どんな意見を持っているの？　私の意思はどこにあるのだろう？

混乱しすぎて、先程から言葉が出てこない。

王の鋭い視線に体を強張(こわば)らせるだけで何も出来ない私は、本当に役立たずだ。

「手放すなら、欲しい。アルが謝罪を聞き入れないなら……俺は欲しいものは欲しいと、宣言しようと思う」

そう言ったユーリスは、この場にそぐわないほど爽(さわ)やかな笑みを浮かべて、堂々としている。

呆気にとられたその瞬間、――部屋に笑い声が響き渡った。

高らかな声で笑ったのは、王だ。彼は邪悪な笑みを美麗な顔に浮かべると、形のいい唇をゆっくりと開いた。

「ユーリス。こいつの眼差しがお前に向けられるのなら――」

王の冷たい声が恐ろしく、私の背中に嫌な汗が流れる。

「俺が息の根を止めてから渡してやるわ」

う、嘘でしょ!?　冗談にしては言い過ぎじゃない!?

冗談だと思いたいが、淡々と話す王の瞳を見ていると、本気なのではないかという気がしてきた。

「冷たい体を抱きしめ、愛を語るがいい」

王は私を視界に捉えたまま、ゆっくりと歩を進める。

黒革のブーツの留め具である銀の飾りが揺れて、カシャンとかすかな音を立てる。

か細く聞こえてくるその音色は、私の命の儚(はかな)さを表しているのだろうか——

狙いを定められた獲物のように身動きが取れず、私は王と徐々に距離が縮まるのをただ黙って見ていることしか出来なかった。

目前まで来た王は侮蔑(ぶべつ)の色をのせた赤い瞳で私を見下ろす。

その瞬間、王の腕が伸びる。

王の手が首にかかったまま体を壁に押しつけられた。首にかかる王の手が、やけに熱く感じる。

いつ絞め上げられてもおかしくない状況だ。手の先はやがて冷たくなり、唇が震えだした。あまりの恐ろしさに気を失ってしまいたくなる。

だけど、今はまだ倒れるわけにはいかなかった。まだ聞いてもらっていない、私の言い分を。

私は顔を上げ、王を見据えた。

威圧的に見下ろす王の顔は、激怒を通り越して無表情になっていた。

言葉も発せず、ただ私の首に手をかける王。激情を宿した炎のような瞳に映るのは、私だ。

だけど目をそらすことはしまいと心に決め、王の視線に静かに挑んだ。

しばらくすると、それまで無表情だった王が顔を歪め、舌打ちをする。

そして憎しみの籠(こ)もった瞳で、再び私を睨(にら)む。その激怒の感情を全身で受ける私は、静かに呼吸を繰り返すことしか出来ない。

だけど、どうしたの？　息の根を止めるつもりで、私の首に手をかけているのでしょう……？

そんな沈黙が続く中——

「アルフレッド王！」

イマールさんが、血相を変えて飛び込んできた。

王が、静かな声を発する。

「イマール、ユーリスを連れて行け」

「アルフレッド王！　お待ち下さい！」

「二度言わせるな。――ユーリスを部屋から出せ」

イマールさんを一瞥（いちべつ）した後、王はユーリスへと視線を移す。

「ユーリス。許しが出るまで、城へは来るな」

「アル！」

「去れ」

この場からユーリスとイマールさんがいなくなるということは、私と王の二人っきりになるということ……!!

思わず視線をユーリスへと送ると、首にかかっていた王の手が一瞬だけ絞まった。

首が圧迫されて息苦しくなる。

顔を歪めた私の耳に、イマールさんの焦った声が届いた。

「王！　アオイ様をどうなさるおつもりですか……!!」

「俺はこいつに用がある」

「お願いですから、冷静になられて下さい！　そんなことをなされば、必ずや後悔します!!」

「黙れ!!」

王の怒声を浴び、イマールさんは言葉を失くす。

「マリ！」

そんな中、ユーリスが苦しげな声で叫んだ。ああ、ユーリスは悪くない。だから責任を感じないで。

「……ユ、ユーリス……ッ」

私なりの意地と庇ってくれた感謝の意味を込めて、なんとか声を絞り出す。そして精いっぱいの笑顔を作って、部屋から出されるユーリスに向けた。

その瞬間、王が瞳を見開いた。首にかかる手の力がより一層強くなり、ユーリスに向けていた顔を、王の方へと無理矢理向けさせられた。

「イマール、ユーリスを連れて行け」

「――承知しました。ですが、約束していただけますか。アオイ様に決して無体な真似はしないと！　ユーリス様を送り届けたら、すぐに戻ってきます!!」

そう叫んで、イマールさんはユーリスを連れ、足早に部屋から去る。

ゆっくりと扉の閉まる音が、私の死刑宣告を告げる音のように感じられた。

「……こんな時だというのに、お前は媚びも甘えもしない。気高いのか、それとも死に急いでいるのか」

鼻で笑う王に答えることも出来ず、私はじっと見つめる。

「それに『ユーリス』だと？　いつの間に名を呼び合う間柄になった。俺の目を盗み、二人で抜け出し、さぞや楽しかっただろうな」

王は私を鋭く見据えた後、意地の悪い笑みを浮かべる。

「俺の名を、呼んでみろ」

静かな声が二人きりの部屋に響く。

王の問いに答えたくても、喉がカラカラで返事が出来ない。しかも、王の放つ怒気にあてられて、どうしていいのかわからないのだ。

口を閉ざす私に、静かで、それでいて激しい感情を押し殺した言葉が降り注ぐ。

手で首を押さえられたところから、どくどくと自分の心臓の音が鳴り響いているような気がする。

それでも何か言わなければと、口を開きかけた時、王の舌打ちが聞こえた。

忌々しげに口の端を強く噛み、瞳に鋭い光を宿した王は、私の肩に手をかけた。

「呼んでみろと言っている！」

「!?」

答える間もなく、王は私のドレスを肩から勢いよく引き裂いた。

緊迫した空気の部屋に響く、布が破れる音。今度は驚きのあまり声が出ない。

呆気にとられている私の両足の間に、王の片足が割り込んできて、ますます動きを封じられてしまう。

そのまま今度はスカート部分を手にかけ、一気に下に引き裂いた。

再び布の裂ける音が耳に入る。レースの豪華なドレスが、ただの布きれに変わった。

『やはり、お前は白が似合う』

脳裏に浮かぶのは、王の言葉。

この服は王が贈ってくれたドレス――

私には白が似合うと言って、どこか満足そうにしていたのは、気のせいだったの……？

そう思った瞬間、すごく悲しくなった。

さっきまでは恐怖しか感じていなかった心が動きだし、泣きたくなった。

だけど、王もなぜ痛みに耐えるかのような顔をしているの？

「――許さない」

王が、地を這うような声を絞り出す。

「死に急ぐことも……俺の手から逃げ出すことも……!!」

刺されるような視線を、私は真正面から受ける。

ひたと見つめ、絡み合う視線。

王はそう言うけれど、私は死に急ぐことも、逃げ出そうとも思ってはいない。――今のところ。

罰は受ける覚悟はある。だが、生きることを簡単に諦めたりはしない。

元の世界にいた時は自由であることが当たり前で、どこかへ行くのに誰の許可もいらなかった。

だけど、この世界は違う。私は王に庇護(ひご)されている身だから、何かをする時は承諾を得る必要があったのだ。今回、安易に外に出る機会に飛びついてしまったのは、確かによくなかった。

だけど王は、何をそんなに恐れているのだろうか？　私が王のもとからいなくなること？

――私はここにいるのに。

私の首にかかる王の手に、そっと触れてみる。

言葉で表現することが難しいなら、触れることで、ここにいると主張したかったのだ。

触れた瞬間、王の手が驚いたように震えた。

王の眉間に皺（しわ）が寄るのを、私は静かに見つめる。

すると、王の顔がゆっくり近づいてきた。

そして私の首にかかる手を離すと、首にかかっていた圧迫感が取れて楽になった。安堵から思わず目を閉じて息を大きく吐く。再び目を開けると、視界に飛び込んできたのは整った王の顔。

そのまま唇を重ねられる。

私を壁に押し付けた状態で、王は顎（あご）を掴み激しく口の中を堪能する。

私はといえば、息をするだけで精いっぱいだ。上を向かされて首が痛い。逃げようにも逃げられない。

その上、私の体を強い力で抱きしめてくる。王の腕を掴み、やめてほしいと意思表示するけれど、無駄に終わる。

抱きしめられた体と同時に、口内に深くまで侵入され、体温が上昇し熱くなる。

激しさは狂気を帯び、私の唇をまるで貪（むさぼ）るかのような行為。

「はっ……はぁ……」

王の唇が一瞬離れた隙に顔を横に向けて、酸素を取り入れる。

しばらく呼吸を整えようと思っていると、再び顎を強く掴まれ、真正面を向かされた。

呼吸の一つも乱れていない王の、無機質な瞳が私を捉える。

そうして荒々しく、王は私の首筋に舌を這わせてきた。

王の片手は、さらけ出された私の胸に触れ、その先端の頂を摘まみ上げる。王の顔が首筋から私の胸まで下がる。

私の胸の谷間に顔を埋めながら、さらけ出された頂を甘噛みされ、体を走る衝撃に頭がクラクラする。私は唇を噛んで耐えていた。

「んっ……!!」

はだけた胸元に唇を当てた王に、何カ所も激しく吸われる。

まるで赤い花が咲いているかのように、肌に鬱血の痕が残った。

手荒に私の体を好き勝手に扱おうとする王。まずは話を聞いて欲しいと思うが、今の状況じゃ聞く耳なんて持つわけがない。

私の必死の抵抗も王の力の前では無に等しい。押しのけようともがいても、びくともしない王の体。

圧倒的な体格と力の差。私の胸に顔を埋めたままの王を見下ろした瞬間、胸に痛みが走った。

見ると、赤い鬱血の痕に加えて、なんと噛まれた痕までついていた。なぜここまで乱暴な行為をするのだろう。

——こんなのは嫌だ!!

そう思った瞬間、精いっぱいの思いを込めて叫んだ。

「——っ！　嫌!!」

王が顔を上げる。私と絡み合う視線。

私は視線が鋭くなっていたと思う。荒い呼吸をしつつ、私は唇を噛みしめて眉間に皺を寄せる。

「嫌だと？」

王が立ち上がり、私を再び見下ろす。

美麗な顔を歪め、何かを考えているかのように押し黙っている。

今のうちに、王と壁に挟まれて身動きの取れない状態から逃げ出そう。

「あっ……！」

壁伝いに逃げようと動いた途端、ヒールの高い靴を履いていたせいで体勢を崩し、床に倒れ込んだ。体に力が入らない。

「——いい眺めだな」

それを見た王は首を少し傾け、歪んだ笑みを浮かべる。いい眺めとは、私のこのボロボロの状態のことを言っているのだろう。髪は乱れて、服は引き裂かれ、どう見たって尋常じゃない。

意地の悪い笑みと共に吐き出された王の言葉に、瞬時に頭に血がのぼる。

誰の……誰のせいでこんな格好に……!!

カッとした私は、靴を脱ぎ、王に狙いを定めて靴を投げつけた。

あっ――

自分のしたことを後悔しても、もう遅い。

投げた靴は、真っ直ぐ標的に向かって飛んでいく。

そして靴は、王の胸に当たった後、床に転がった。もしかしたら靴（これ）も王からの贈り物だったのかもしれないと、思った。

王が眉をひそめた。靴の当たった自分の胸元をじっと見て、次に床に落ちた靴にゆっくりと視線を向け、そして――

「小動物――!!」

吠えた。

たった今まで見せていた余裕をかなぐり捨てた王の怒声が、部屋に響き渡る。

憎悪を込めた瞳で見られて、もう無事じゃすまないと予感した。

だけど最後に、一矢報（むく）いてやった気持ちになる。小動物だと言われ続けた私らしく、最後に噛みついてやったのだから。

どう、悔しいでしょう!?　私なんかに靴を投げつけられて！

だけど私だって悔しいのよ！　一方的に責められて、話すら聞いてくれないのだから。

そう心の中で叫ぶも、もちろん口には出ない。

気付いた時には床に押し倒されていた。

上に乗りかかり、頭上で私の両手首を片手でいとも簡単にまとめる。なんという力の差だろう。

必死に抵抗するが、びくともしない。

私の上に重く圧しかかる王は、顔を歪めている。小動物である私に靴を投げられた屈辱からか。

掴まれた手首がぎりぎりと悲鳴を上げるように軋む。

「痛いっ……!!」

私の苦しげな表情を見た王は、一瞬弾かれたように目を見開いた。私の両手首にかかっていた王の手の力が、少しだけ緩む。

喉がカラカラになって息をするのも精いっぱいだが、私は声を振り絞った。

「やめて！」

激情に揺れ動く真紅の瞳を見据える。

どうせこの抵抗も無駄だと思う。だけど口にせずにはいられない。

しかし驚いたことに、王は私を見つめ、何かを言いかけた後、掴んでいた私の手首を解放した。

楽になった瞬間、私はすぐさま身を起こして叫んでいた。

「力ずくで私をどうにかしようとするなんてひどい……！　私はあなたのものになんて……絶対ならない!!」

口から出た言葉は悲鳴にも似ていた。

黙ったまま私を見つめる王と、視線が絡みあう。

嫌だ。こんな形で好きにされたくない。

息を一つ吸い、唇を噛みしめる。やがて、私の頬を伝う冷たい感触。それが一筋、また一筋と流れ落ちる――

私はドクドクと脈打つ心臓を落ち着かせようと、大きく息を吸い込んだ。だけど吸い込んだ途端、また目が潤んできた。堪えようと口の端を噛むも、涙が頬を伝うのを止められない。

王は無表情のまま私を見下ろしている。その美麗な顔からは感情が読み取れない。

いつも強気な私が泣いていることに驚いているのだろうか。私だって泣きたくはない。

こんなズタボロの格好の上に、涙でぐしゃぐしゃになった顔まで見られたくなくて、両手で顔を隠す。

私のちっぽけなプライドだ。嗚咽は必死に堪えたけれど、王にはわかっていたと思う。

王が次に何をするかなんて、もうそんなこと気にしていられないほど、自分のことで精いっぱいだった。

ふと、泣きじゃくる私の頭に、何かが触れた気配を感じた。

最初は気のせいかと思った。だけど、それはまるで躊躇するかのように、私の頭上で宙をさまよっているのを感じる。

少し触れ、だけど、またすぐ離れ――。もしかして、これは誰かの――手？

誰かといっても、ここにいるのは……

まるで壊れ物を扱うかのような手つきに、一瞬だけ涙が止まる。

「アルフレッド王！」

突如、焦った様子のイマールさんの声が部屋に響き渡る。

イマールさんが血相を変えて、部屋に飛び込んできた。

「アオイ様！」

すぐにイマールさんは事態を察したのだろう、声を発する。

そして、床に座りこむ私の側に駆け寄り、無事を確認しようとした。

「来るな‼」

突然王が大声を出し、イマールさんの進む足が止まった。

激しい制止の声に驚き、私は肩を震わせる。

私の肩が動いたことに気付いたらしいイマールさんから、安堵のため息が聞こえた。

「あぁ……良かった……ご無事で」

ちっとも無事じゃないよ！　どこをどう見て言っているのさ！

呑気(のんき)な声を出すイマールさんに八つ当たりをしたくなった私だけど、口を開く気力などあるはずもない。

イマールさんを見て、王が立ち上がった。忌々(いまいま)しいものを見る眼差しで、私を見下ろす。

そして、小さく舌打ちをした次の瞬間、王は自身の肩に手をかけた。

何をするつもりだろうと、ぼんやり見ていた私の視界が急に暗くなる。頭上から落ちてきた何かが私の体を覆ったのだ。

それは手触りのいい大きな布だった。ほのかに王の香りがする。

その香りから、王が自分の着けていたマントを外し、私に向かって投げたのだと知る。

ボロボロになった体をマントで隠して王を見ると、無表情の王と視線が絡みあう。

王は、私に冷ややかな視線を投げた後、振り返りもせずに部屋から出て行った。

まるで何事もなかったように――

その後、イルミさんが血相を変えて飛んできてくれた。

ボロボロの姿に男物のマントを身にまとい呆然としている私に、何も言わずに替えの服を用意してくれ、すぐに私の部屋に連れて行ってくれた。イルミさんの迅速な対応に感謝した。

イルミさんがあんなに綺麗に着飾ってくれたのに、今の私ときたら、なんて貧相なんだろう。鏡に映る自分の姿を見て、涙と共に乾いた笑いが出た。

それから、起きた出来事を全てイルミさんに話した。

彼女は何も言わずに、泣きながら話す私の背中をさすり続けてくれた。

徐々に私の心も冷静さを取り戻した頃、イルミさんが甘くて温かい飲み物を用意してくれた。

そして部屋にいい香りのするお香を焚(た)いてくれて、私はやっと眠りについたのだった。

第三章　救いの手

例の夜会から、王には会っていない。

これまでは三日に一度は私の部屋にやってきて、私にちょっかいを出していたのに、それすらない。

さりげなくイルミさんに聞いてみたが、『お忙しいのでしょう』の一言だった。

違う、意図的に私を避けているのだ。王が忙しいのは、今に始まったことじゃないもの。

私の言い分も聞かずに、いきなり存在無視か。……人の話を聞け。

思わず叫びたくなると同時に、胸がちくりと痛んだのは、きっと話も出来ないまま避けられているのが悔しいから。自己完結もいい加減にしろって思う。

いきなり現れて、怒るだけ怒って、あんなに怒りのオーラを放ちまくっている王に、『説明しろ』と糾弾(きゅうだん)されたって、すぐに説明なんて出来ない。

おまけに、一度しか着ていないドレスをビリビリに破くなんて、それを作ってくれた職人さんの気持ちも考えろ！

罰を受ける覚悟は決めたけど、そんな簡単に、殺(や)られてたまるかって思う。人の運命、勝手に変更するな。

自由を拘束された手首の感触が、いまだに残っている。

それと胸元を激しく吸われたあの感覚。胸元には赤い鬱血（うっけつ）の痕（あと）が、いくつも残っている。

あとは噛まれた傷痕。……そこまでするなんて、猛獣かよ！

一緒に街へ出掛けたユーリスは、城への出入り禁止の罰を受けているので、当分屋敷で大人しくしているはずだと、イルミさんが教えてくれた。今ならユーリスと、愚痴（ぐち）大会を開催したい気持ちでいっぱいだ。

「もしかしたら、拗（す）ねていらっしゃるのかもしれませんわ」

ここ最近、鬱々（うつうつ）としている私に、イルミさんが思いもよらない台詞（セリフ）を言った。

思わず彼女を二度見する。

「拗ねるって誰が……？」

「アルフレッド王ですわ」

さらっとしたイルミさんの言葉に、眉間に皺（しわ）が寄った。

「……あの王が？」

あれは、そんな拗ねるとか可愛いレベルではないと思う。

一瞬だけだったが首に力をこめられたのだ。拗ねたぐらいで、そこまでするなら、どう考えてもやりすぎだ。私の方が拗ねてやりたいわ。

「お話を聞いただけでは、なんとも言えませんが――。そもそも、アオイ様は王にきちんとお伝えしました？　逃げる気などなく、反発心と好奇心で街に出たかっただけだと」

「伝えようとする前にそのことが王の耳に入って、怒られたの。急だったから、言い訳しようにも頭が回らなくて」

「では、ご自分から動いてみてはいかがですか？」

「どういうこと？」

「王を前にすると言葉が出てこないのなら、別の方法で気持ちをお伝えするのです」

イルミさんの提案に、しばらく私は黙って考え込む。

「……手紙とか？」

自信なさげに思い付いた手段を口にすれば、イルミさんは目を輝かせた。

「それはいいお考えですわ。お手紙で気持ちをお伝えしてもいいですし、もし最初から本題に入るのに抵抗があるようなら、まずは一緒にお茶をしましょうとか、また部屋を訪ねて下さいとか、お誘いすることから始めてみるのはいかがでしょう？」

「……」

自分で言ったことだけど、それはちょっと……いや、かなり嫌だ。

あんなことがあった後、自分から行動を起こすというのは勇気がいる。

「案外、理由は単純なものですよ、男の人が拗ねるというのは」

「そうなの……？」

私にはいまいち王が何を考えているのかわからない。

もっとわかりやすいタイプなら、私だってこんなに苦労しなかっただろう。

イルミさんは私よりも大人だから、こういう時の対応に慣れているのだろうか。

眉間に皺を寄せて唸る私に、イルミさんは続けた。

「あと、これはアドバイスなのですが」

「うん」

「少しだけ、ほんの少しでいいのですが……」

「うん」

「可愛いことを言ってみるのはどうでしょう？」

「……え？」

思いもよらないイルミさんの言葉に思わず聞き返す。

「可愛いことって？」

「王に甘えてみる、ということですわ」

甘えてみる……

いったいどうやって甘えるというのだろうか。

だいたい小さい頃から親にも甘えたことのない私は、そういう行為が非常に苦手だ。私にはハードルが高いと感じて、言葉に詰まって悩んでしまう。

そんな私を見て、イルミさんがなぜかしつこいぐらい手紙を書くように勧めてくる。

最初は渋っていたが、直接甘えるよりはマシだと思い、試してみることにした。

以前の私なら、拒否し続けたかもしれない。だが、二人で過ごしたあの夜に、少しでも歩み寄りたいと感じた。

ならば、受け身のままではダメだ。私も努力しなければならない。

私は意を決して机に向かうと、ペンを手に取った。

それから、どのぐらいの時間が経過しただろう。困ったことに、まったく書けていない。どう書けばいいのか、何も思い浮かばないのだ。腕を組んでみても、首をかしげてみても、いっこうに筆が進まない。

このまま机に向かっていても無駄に時間が過ぎるだけだと判断し、私は立ち上がって窓辺に近寄った。

外は晴れていて、暖かそうだ。気分転換に外にでも行ってみようか。

部屋に飾ってあったフロースの花も枯れてきてしまったので、そろそろ代わりの花を摘んでこよう。

そうしてイルミさんと二人で、庭園に出た。

フロースの香りが風で運ばれてくる。いつもは花の咲いている付近から香り始めるのだが、今日は匂いが強いような気がする。

特に風が強いわけでもないのに、なぜだろうかと不思議に思いながら歩を進めた。

そしていつもの場所にたどり着くと、驚きで目を見開いた。

私の目に飛び込んできたのは、フロースの花の大群。

先日王と二人で見た時よりも、はるかに増えている。

その場で立ち尽くす私に、イルミさんが感嘆の声をあげる。

「まあ、こんなにたくさんフロースの花を植えられるなんて！　だから周囲にまで、こんなにいい香りが広がっているのですね」

これは、もしかして王の指示なの……？　でもなぜ？　あの時、私がこの花を好きだと言ったから？

庭園を回った時、私の好きな花を聞いても、興味なさげにしていたのに。

王は本当にわかりにくくて、面倒な人だ。ただ気性が荒いだけの人だったなら、このまま離れたいと願っただろう。

でも、激しい部分を見せたあとに優しい一面を見せられて、私は困惑する。

あの夜会の夜は王の怒りを浴びて、恐怖を感じると同時に不思議にも思った。

この人はなぜ、こんなに怒り狂っているのだろうか。それなのになぜ、時折苦しそうな表情を見せるのだろうか。その理由を知りたい、と。まあ、理不尽なことには変わりないけれど。

そんなことを考えながら、私は黙々とフロースを摘み、部屋に戻ったのだった。

翌日、イルミさんと後宮内を歩いている時、渡り廊下から人の気配を感じて足を止めた。

向こうの方にいる人物の顔を見て、つい声が出そうになってしまった。

王だ。イマールさんも一緒に歩いている。

久々に王の姿を見かけた。王も私達に気付き、その場で足を止める。イルミさんは一歩下がり、深々とお辞儀をした。

私も慌てて頭を下げようとするが、王に見られていると考えるだけで、体が強張ってしまう。あの夜会の出来事を思い出したのだ。

王は無言のまま、私に険しい視線を送る。その様子からいって、王がいまだに夜会の時の怒りを引きずっているのだと知る。

「……」

王の唇が一瞬だけ動いた。何か言いたいことがあるのだろうかと、私は見つめる。すると、王は不機嫌な顔をしたと思いきや、視線をそらした。そしてそのまま、前を向いて歩き出す。まるで私など、ここに存在しないかのような素振りだ。

イマールさんが困った様子で、私と王の顔を交互に見つめていた。

私は去りゆく王の姿を、礼も忘れて呆然と見送った。

意地悪で笑われたり、嫌味を言われたりするのはいつものことだけど、無視されるのは意外にダメージを受ける。

それと同時に、ふつふつと怒りが沸きあがってきた。

私のことを視界の端にも入れたくないといった、あの態度。無視するなと叫んでやりたい。

そっちがその態度なら、私だって知るもんか！

その日の午後、部屋で寛いでいると、ドアがノックされた。イルミさんが中に招き入れた訪問者を、私は背筋を伸ばして迎える。

「ご無沙汰しております。ご機嫌いかがでしょうか？」

「イマールさん」

いつもと変わらない優しい微笑みを向けてくるイマールさん。だけど心なしか、疲れたように見える。

「どうなさったのですか？」

そもそもイマールさんがこの部屋を訪ねてくることが珍しい。

「アオイ様が読みたいと仰っていた本が、図書室に入ったそうですよ」

「本当ですか？」

それを聞いて私は目を輝かせた。続きがずっと気になっていた本なのだ。

「ええ。司書から、アオイ様にお伝えしてくれと頼まれました。最近は図書室へ出向かれていないと聞きましたが……」

それは、何となく嫌な出来事を思い出してしまうからだ。図書室で脚立から落下したことが原因でイルミさんと離され、反抗心から街へ出てみれば王に激怒されて今に至る。全てはあの場所から始まった気がして、自然に足が遠のいていた。

「そうですね。今度、行ってみることにします」

何気なく振る舞うと、イマールさんは優しい笑みを見せた。

「最近は、どのように過ごされていますか？」

「いつもと変わらずです。ああ、そう言えば……」

私はふと思い出したことを口にする。

「庭園にたくさんフロースを植えたのですね」

「ああ、気付かれましたか」

「ええ。とてもいい香りがします」

「アオイ様はあの花がお好きなのですよね」

「はい。だけど、なぜそれを……」

イマールさんが知っているのだろうかと、不思議に思う。

「アオイ様と王が庭園を回られた後、王から花を増やすように言われましたので」

「……」

やはり、あの花が増えたのは偶然なんかじゃない。

「あまり余計なことは言えないのですが……王はいささか短気な部分があるものの、理不尽に怒る方ではありません。怒るだけの理由が何かあったのだと思います。裏を返せば、それだけアオイ様を心配しておられるのです。少しやり過ぎな部分もありますが」

たとえ心配していたからだとしても、あれは少しどころじゃないと思う。

「ですが、ご自身が認めたお方は大事になさいます。そのやり方が少々理解しにくいのですが、決してアオイ様を憎いと思っているわけではないのです。そこだけは、どうぞご理解下さい」

イマールさんの優しい声が心に染みる。そんな彼の瞳に浮かぶ感情。それを見つめていると、あることに気付いた。

「……イマールさん」

「はい」

「イマールさんは王を敬(うやま)っているのですね」

私がそう告げれば、イマールさんは静かにうなずいた。

「ええ。尊敬しております。ですから、お二人がこのままでいても何も解決しないのでは、とつい心配をしてしまいました」

やはり本のことは口実で、私と王の関係を心配して訪ねてきたのだ。イマールさんには気苦労ばかりかけている気がする。

「余計なことを言いました。では、これで失礼いたします」

扉が閉まると、私は気を取り直して机へと向かう。

そうだ、書くことが思い付かないなんて言ってられない。周囲の人達にも心配をかけているのだから。

解決に向けての一歩を、自分から踏み出そう。相手が来ないなら、私から行動するべきだ。

〝お話ししたいことがあります。今度お時間下さい。　マリ〟

かなり悩んだ結果、簡単な短い手紙が出来上がった。それを丁寧に折りたたんで封筒に入れる。

一瞬躊躇(ちゅうちょ)したけれど、机の引き出しを開けた。そこに入っていたのは、細かな細工が美しい宝石箱。これは、王から贈られたものだ。

以前、私は紅茶の入っていた箱をイルミさんからもらい、小物入れにした。

それを、部屋に来た王が見つけたのだ。

『それはなんだ？』

目ざとく聞いてくる王に、私は小物入れとして使っていると告げた。

『そんなものをか？』

馬鹿にしたように鼻で笑った王にムッとしつつ、大事にしている物が入っていると話した。その数日後、部屋にやって来た王は、手に持っていた物をスッと差し出すと、『これを使え』と言ったのだ。

繊細な造りで、透かし模様に花と小鳥が描かれている宝石箱。手のひらより大きいサイズで、手に取ると程よい重さがある。

『これは……』

『貧相な箱で代用しているからな』

中を開ければ、仕切りまでついていて使いやすそうだった。

『あ、ありがとうございます』

その可愛らしいデザインに目を輝かせた私を見て、王が静かに笑った。

それ以来、私はこの宝石箱を小物入れとして愛用している。

宝石箱の中にはフロースの押し花が入っている。これは先日摘んだ時に、押し花にしていたものだ。それが上手に出来たので嬉しくなって、ここにしまっておいた。

そして宝石箱の隅に入っているのは、花の耳飾り。それはあの夜会の時、身に着けていたもの。

ドレスはボロボロになったけれど、この耳飾りは無傷だったのだ。

私はフロースの押し花を宝石箱から取り出すと、手紙と共に封筒に入れた。

――私は、庭園にフロースが増えたことに気付いたのよ。

そんな気持ちを込めて封をする。これで王に伝わるのだろうか。

しばらく机の上に置いた封筒をじっと眺めていると、イルミさんが近づいてきた。

「アオイ様、早速イマールさんに渡してきますわ」

「ちょっと、待っ――」

全部言い終わる間もなく、イルミさんは机の上から封筒をサッと取って出て行った。

あまりに素早くて、咄嗟に動けなかった。

……そんなに急ぐ必要などないのに。

王に届いたところで、すぐに目を通すことはないと思う。忙しいだろうし。

そもそも、王は手紙を読んでくれるのだろうか。

すでに手紙を出したことを後悔し始めている気持ちもあるが、悔やんでも遅いので、開き直ることにした。

まもなく、イルミさんが部屋に戻ってきたので、私は図書室へ行こうと誘う。

「イルミさん、久しぶりに図書室へ行きませんか？」

「はい」

せっかくだから、イマールさんが教えてくれた本を借りに行こう。

久々の図書室で本に囲まれると、気分も晴れてきた。何冊か堪能した後、図書室を後にする。

手には、イマールさんが教えてくれた物語の新刊。部屋に戻って、早速読もう。

そう思いながら歩いていると、私の部屋の近くで、一人の女性が立っているのが見えた。あれは確か、ウェンデル付きの侍女だ。不安そうにキョロキョロと周囲を見回し、不審な行動を取っている。

眉をひそめたイルミさんが声をかけようと近づくと、彼女は私達の存在に気付いたらしく、そのまま頭を下げて足早に走り過ぎた。いったい、何だったのだろうか。

「どうしたのでしょうね？」

「さぁ？」

私に用事があるのかと思ったが、どうやら違ったらしい。私はあまり気に留めずに、部屋へと戻った。


手紙を出してから数日が経つが、受け取り主から返信はなかった。

予想していたことだけど……こっちが折れて下手（したて）に出ても、これだよ。

無視されるなら出さなきゃ良かった。恥ずかしい気持ちを押し殺して、私なりに勇気を出して書いたのに。返事がないならせめて、出した手紙を返して欲しい。私の黒歴史として処分するから。

そんな後悔をしていた夕暮れ時。

イルミさんと部屋で雑談をしていると、扉が重々しくノックされた。

すぐさまイルミさんが扉へと向かった。そして何やら話し込む声が聞こえる。

いったいどうしたのだろう。そう思い顔を上げたのと同時だった。部屋に二人の兵士が入って来たのだった。

いきなり部屋に入ってこられた理由がわからず周囲を見回すと、動揺を押し殺した様子でイルミさんが口を開いた。

「アオイ様、この者達が用があるそうです。何かの手違いだと思われますが……」

一人の兵士が私の前に立ち、一枚の紙を広げた。もう一人が、それを無表情のまま読み上げる。

「サマンサ家のウェンデル様より、家宝のブローチを紛失されたとの知らせを受けました。調査の結果、アオイ様が所持しているという疑いが浮上しております」

え……？　ウェンデル？　ブローチ？　いったい何のこと？

「これについて公式の場で証言していただきたいとのことです。申し訳ありませんが、ご同行願います」

兵士は淡々と令状を読み上げ、私に立つように促(うなが)す。

「あっ——！」

脳裏に浮かんできたのは、あの赤紫色の宝石のブローチ。ウェンデルが夜会で落としたものだ。私は拾い上げた後、すぐにウェンデル付きの侍女に渡したはずだ。侍女は確かに受け取った。それはしっかりと記憶にある。

それをまた紛失したってこと？　だけどなぜ今になって、そんなことを言い出すのだろう。意味がわからない。動揺と混乱で私の頭の中はまとまらない。

……もしかしてあのブローチは、彼女の仕組んだ罠だったの？

そうであれば、おめおめ拾ってあげた自分にも腹が立つ。なんて馬鹿なのだろうか、私は。

どちらにせよ、あのまま手に取らなければ良かったと後悔するが、仕方あるまい。

「――わかりました。好きに調べて下さい」

いいわ。受けてたってやろうじゃないの。

確かに拾った。だけどすぐに侍女に手渡した。それを堂々と主張してやる。

私は何も悪いことをしていないのだから。

それに、あんな趣味の悪い色の宝石なんて誰が欲しがるものか。たとえ、くれると言っても絶対断る。なんだか呪われそうだし。

真っ直ぐ視線を兵士にやり、深呼吸を一つして、私は立ち上がった。

側に立つイルミさんに『大丈夫だから』という意味をこめた視線を投げる。イルミさんは心配そうに、だけど力強く頷いてくれた。

「どこへ行けばいいのでしょう」

「我々がお連れします。こちらへ」

部屋を出て私が歩く前後を、兵士二人が挟んで歩く。

まるで逃がさないと言わんばかりに、ピッタリと張りついている。

思わず笑ってしまった。どこに逃げるというの？　私の逃げる場所なんて、この世界にあるわけないのに。もしあるなら、そこがどこか教えてよ。

イルミさんが兵士の後ろをついて来てくれているので、それはホッとした。

しかし、ブローチを盗んだだなんて、濡れ衣もいいところだ。

だけど、私には後ろ盾になる人物もいないから、どんな罪でもなすりつけられると踏んだのだろう。それに、王とギクシャクしていることをどこかで知り、やるなら今だと思ったのだろうか。

まさに絶好のタイミングだものね。

理不尽な言いがかりに屈する謂れはないので、私は身の潔白を主張するだけだ。

私は前だけを向いて歩いて進んだ。

ふと、兵士が広げた令状の端に、王族の紋章をかたどった朱印が押されていたのを思い出す。この件はすでに王の耳に入っているのだ。

——王はこのことをどう思っているのだろうか。


大きな扉の前で立ち止まると、イルミさんは部屋の外で待つように兵士に言われる。

イルミさんと離されると思った瞬間、心細さが私を襲う。

「アオイ様を一人で行かせることは、出来ません！」

イルミさんは、そんな兵士達に食ってかかり、自分も中に入れろと主張する。

だが兵士は、彼女の主張を聞き入れようとはしない。

「イルミさんはここで待っていてください」

「すぐ戻りますから」

「でも！」

これ以上ごねたら、イルミさんにも迷惑がかかるかもしれないから。

本当は心細いけど、ここは気丈に振る舞うしかない。

兵士が重々しい精巧な造りの扉を開け、私に中に入るよう促す。通された部屋は広く、天井に吊るされたシャンデリアの輝きが眩しくて目を細めた。

ここは――

王に『後宮に入れろ』と言われた場所だった。全てはあの時から始まり、私はこうしてここにいるのだ。

奥の数段高い場所にある王座に座る人物が目に入る。そこに座る権利を持つのは、一人だけだ。

最高権力者である、王。

この国を総べる存在。

美麗な顔から感情は読み取れず、周囲とは異なる威圧感を漂わせている。

王は長い足を組み、肘おきに頬杖をついて、部屋に入ってきた私をじっと見ていた。

目が合うと、一瞬眉をひそめて唇の端を少し噛むも、特に声をかけるわけでもない。

あの時と同じく、私は兵士に囲まれている。そんな中、私は自分の足で歩いて進む。

王座から見下ろされ、初めてこの場所で王と対面した時のことを思い出す。

無表情のまま、冷たく感じる王の視線。

あの時と――

私達の距離は、なにも変わっていないのかもしれない。

気が付けば、部屋の奥には数人が並んで立っていた。

イマールさんにウェンデルまで……皆さん勢ぞろいだ。

私が王の目前で立ち止まると、王の側近であるグレゴルが、一歩前に出る。それと同時にグレゴルが声を発した。

「では、これより尋問を始める。本来なら後宮の問題は女官長に一任している。だが今回の件は、女官長が我々に助言を求めてきたのだ」

ウェンデルの実家であるサマンサ家は有力な貴族だという。

通常であれば、サマンサ家の意見がそのまま通るのだろうが、私が王のお気に入りだと誤解されているため、女官長といえど独断で裁くことが出来なかったようだ。

私が王のお気に入りだなんて、決してそんなことはないのに。私に対する王の態度を知らないから、皆が勝手にそう言っているだけ。あの夜会の夜のことを皆に教えてやりたい。あんな態度をとるぐらい、私を憎らしく思っているのだろう……きっと。

あの夜会の一件以来、こうして王と真正面から対面するのも久しぶりだ。

部屋への訪れもなければ、手紙の返事もない。

私は王にとって、ただそれだけの存在だったと証明されたってわけだ。

胸に感じるのはチクリと刺すような痛み。

私はそれに気付かない振りをして、目を閉じて深呼吸したあと、王座に視線を向ける。

王は先程から言葉を発せずに、頬杖をついたまま事の成り行きを見守っている。

「まあ、双方の誤解があると思われますので、ここは穏便に話し合いで解決出来ればと思っております」

緊張感あふれる空気の中、王の側近であるイマールさんが優しい口調で皆に語りかける。

平和に解決してくれれば一番いいと私も願っている、だけど……

「なにを甘いことを仰っておられる、イマール殿は！　後宮で盗みなど前代未聞。そんな疑いが持ち上がること自体、由々しき事態ですぞ！」

ほらきた。もう私が盗んだと決めつけている。

唾を飛ばしながらまくしたてるグレゴルからは、敵意しか感じない。私が憎いと、全身で主張している。最初から薄々感じていたけれど、その予感が決定的となった。

「だいたい、あのブローチは我がサマンサ家に代々伝わる家宝だ！　それを大事に扱っていた姪が、そう簡単に失くすはずがない!!」

……我がサマンサ家？

……姪？

私は目を見開いた。

そうか、ウェンデルはグレゴルの姪にあたるのか。

グレゴルの後方に控えているウェンデルをちらりと見る。彼女は一見控えめな態度でいるものの、勝ち誇ったような空気を醸し出している。

ああ、なるほど、そういうことか――

グレゴルのあの敵意に満ちた視線の意味も、ウェンデルとの今回の件も、全て私の中でつながった。

その時、グレゴルの後方に控えていたウェンデルが動いた。妖艶な色気を身にまとうウェンデルは、もったいぶった動きで部屋の中央まで歩を進め、王に向かって口を開いた。

「私の家に代々伝わる赤紫色の宝石のブローチを、先日の夜会で皆にお披露目した後、紛失したのです。探していたところ、アオイ様が手にしたのを見たと、私の侍女から聞きまして……」

私は思わず顔が引き攣りそうになったけど、動揺を見せまいと、必死でそれを押し隠す。

「私の不注意でブローチを落としたのかもしれません。侍女はアオイ様が手にしたのを見て、私に返してくれるのだと思っていたそうです。私もアオイ様から声がかかるのをお待ちしていたのですが、日が経つばかりでしたので、少し不安になってしまったのです」

いじらしい姿を見せるウェンデルからは、日頃私に嫌がらせをする姿が想像つかないほどだ。

「でも私、アオイ様を信じています。そんなことをする方ではありません。まさか、あのブローチを……自分の物にするなど……。ですから、何かの間違いだと思っているのです。アオイ様、私のブローチについて何かご存じではありませんか？」

しおらしい演技をしているけど、ウェンデルは心の中で舌を出しているだろう。

とにかく私は、自分の知っていることを正直に話そうと思う。

「確かに夜会の時、ウェンデル様が身に着けていたブローチを拾いました」

「では、それを――」

するとグレゴルが横から口を出してくる。

「ですが、すぐにウェンデル様付きの侍女に手渡しました」

「その侍女が、お前がブローチを持ち去ったまま夜会の場から消えたと証言しているのだ。本当は自分の物にしたくなり、逃げるように消えたのではないか!?」

「そうなのですか？　アオイ様。正直に仰って下さい」

……いらんわ、あんな悪趣味なブローチ。

グレゴルとウェンデルのダブル攻撃を食らい、正直、私も精神的にきつい。そもそも、この場にいるだけで大いに苦痛だというのに。

「私は確かに侍女に渡しました」

「どうだか!!」

グレゴルは私を盗人だと決めつける。苛立ちが募り、気分がとても重くなる。どう言えば、身の潔白を証明出来るのだろう。

「ではアオイ様、ブローチを渡した私の侍女の名前は？　誰に手渡しましたの？」

「わかりません」

あんたの侍女の名前なんて知らないよ！

声を大にして叫びたいけれど、グッと堪える。

「まあ。普通、高価な物を名前も知らない侍女に預けるなどしないはずです。私にすぐ手渡せば済むお話でしょう？」

それが嫌だから侍女に頼んだのだ。それに、私が渡しても、絶対素直に受け取らないでしょうが。

だんだん手の中に、嫌な汗が溜まる。

まずは汗をふいて落ち着こうと思って、胸元からハンカチを取り出した。

それを見た瞬間、ウェンデルの瞳が見開かれ、歓喜の表情を見せる。まるでチャンスを逃さないとばかりに、意地悪く目を細めた瞬間――

「それは私のハンカチよ！　なぜあなたが持っているの!?」

指を差された先にあるのは、私が手に持つレースのハンカチ。

あっ！　これは――!!

この白いハンカチは、私が下働きをやっていた時、ウェンデルが落としたものだ。

私が拾って差し出したハンカチを、彼女は捨てろと言って床に投げ捨てたのだ。私が触れたものは汚いと、強烈な嫌味を放って。

物に罪はないし、新品だったのでもったいないと思った私は、それを拾って愛用していた。

ウェンデルが、すぐさま私の手からハンカチをひったくる。

「ほら、ごらんなさい！　この刺繍（ししゅう）はサマンサ家の紋章よ！」

「これはウェンデル様がいらないと言って、投げ捨てたハンカチです」

「嘘よ、私はそんなことをした覚えはないわ！　ブローチだけでなく、ハンカチも盗むだなんて、まったく卑(いや)しい女ですこと!!」

　確かにハンカチの端には細かな刺繍が入っていたけれど、その模様がサマンサ家の紋章だったなんて知らなかった。

　新品のハンカチが手に入って、ラッキーぐらいにしか思っていなかったのだ。

　彼女に関係する物など、さっさと捨てておけば良かった！　馬鹿な私!!

　明らかに動揺した私を、ウェンデルはさらに追及する。

「ほら、ごらんなさい。動揺しているじゃない。盗んだからでしょう！」

「……違っ！」

「何が違うのよ！　じゃあなぜ私のハンカチを持っているの？　説明出来るというの!?」

「それは……！」

　あの時は周りに誰もいなかったから、もちろん証明出来る人間なんていない。

「手癖(てぐせ)の悪いのは、卑しい人間の証拠よ。そんな人間が、王の側にいることなど許せませんわ！」

　卑しい人間呼ばわりされて、さすがの私も言葉に詰まる。

　こんな酷い言葉を投げつけられるなんて……物を大事にする精神が盗人(ぬすびと)扱いか！

　黙り込んだ私を見て、それまで見守っていたイマールさんが言葉をかけてくれた。

「皆さん、落ち着いて下さい。状況を整理したいと思います」

　そうしてイマールさんは、先にウェンデルの言い分を聞いた。

　ブローチもハンカチも紛失して困っていたと、大胆かつ大袈裟(おおげさ)に涙まで見せて語っていた。

本当のところ、ウェンデルほど金持ちじゃあ、ハンカチ一枚なくなったぐらいで騒がないし、気付きもしないだろうに。

「では次に、アオイ様のお話をお聞きしましょう」

「………」

いきなり盗人（ぬすびと）という罪を着せられ、放心状態の私は、もうなにがなんだか……心が追い付いていない。

そもそも、口下手な私が、こんな緊迫した雰囲気の中で話せるわけがない。喉（のど）の奥から言葉が出てこないのだ。

「黙っているということは、罪を認めたということだろう⁉」

グレゴルの糾弾（きゅうだん）が、弱った私の心に突き刺さる。

本当なわけないじゃない‼

そう言おうとしたけれど、周囲の人間の目が、まるで私を犯人だと決めつけているように見えて、言葉が出なかった。周囲の空気に呑まれた私の唇は、わななくばかり。

いつもこうだ。肝心な時に言葉が出なくなり、結局不利な立場になる。私もウェンデルみたいに芝居の一つでも出来れば、この状況も少しは変えられただろうに。

それが心底悔しいと思いつつ、何も言えない自分が情けなくて、腹が立つ。

私は手を固くぎゅっと握りしめた。

グレゴルは鼻で笑い、ウェンデルはすでに勝ち誇った笑みを浮かべていた。

王は無表情で頬杖をついた姿勢のまま瞬きもせずに、王座から私を見下ろしている。

「見せしめのためにも、厳重な処罰が必要でしょう」

グレゴルが、濁った目で愉快そうに顔を歪める。

「部屋を調べてみるといいでしょう。どこかにブローチが隠してあるはずです！」

「それは……」

私のテリトリーである場所を、他人にかきまわされたくなんてない！

この後宮内で、唯一私が心安らげる場所だもの。それを他人にいいように荒らされるのは嫌だ。

「あら、調べると何か都合が悪いのかしら？」

ウェンデルのしたり顔が鼻につく。完全に逃げ場を塞がれた私は、唇を噛みしめて答える。

「いいでしょう。お調べ下さい」

身の潔白を証明するためには、そう答えるしかない。

「後宮内で盗みなど……！　今まで得体のしれない人間を入れたことなどなかったが、そんな女を一人入れた途端これだ。質が下がったと感じますな」

グレゴルは私の顔を見て忌々しげに吐き出すが、あんたの顔の方が忌々しいから！

「やはり、後宮全体の見直しが必要ですな」

さっきから、私がさも卑しい人間かのように言うけど、私は絶対盗ってなどいない。

それに後宮の見直しをするのなら、お好きにどうぞ！　そうしてあんたの姪を中心に、腐った後宮を存続するがいい。私は後宮から出されるのなら、喜んで街へ駆けて行くわ！

「――グレゴル殿。お待ちください」

その時、イマールさんが落ち着いた声を発する。そして、王座に座る王に視線を一度投げた後、ゆっくりと前に進み出る。

「皆で口々に責めては、意見を言いたくても言えないでしょう。いきなりのことで動揺なさっているということもあります。まだアオイ様のお話を聞いたわけではありませんので、今は判断出来ません。時間を置いて、明日もう一度お聞きましょう」

「はっ！」

グレゴルは呆れたように鼻で笑った。

「まったくお優しいイマール殿らしいご意見だ！　まあ、いいでしょう。明日まで待ったとしても時間の無駄だろうが、時間が経てばその娘も素直に認める気になるかもしれませんしな」

グレゴルは得意満面に余裕の態度を見せる。またその隣にいるウェンデルも、だ。

「ただし、それ相応の反省部屋に入れましょう。自分のしたことを悔い改めるように！　それに盗人かもしれない人と同じ後宮で寝泊まりするなんて、考えただけで恐ろしくて夜も眠れませんわ」

優しいイマールさんの言葉に救われた思いがしたが、その後に続くグレゴルとウェンデルの台詞にげんなりくる。

ここまでの騒ぎになっても王は冷たい視線を投げるだけで、一言も発しなかった。

この醜い争いがくだらない、時間の無駄だとでも思っているのだろう。

――私にとっては絶体絶命のピンチなのに。

だから私も王の方を見ない。わざと目を合わさない。……弱っている姿なんて見せたくない。まして王を頼ることなんてしない。どうせ拒絶されるのだ。なら、最初から期待などしないほうがいい。今までそうやって生きてきたのだから。

私はあくまでも平静を装い、顔を上げて答えた。

「構いません。反省部屋でもどこへでも……入れて下さい」

内心は投げやり発言だった。


兵士に挟まれながら階段を下りて進む先は、地下の一室だった。

私の使っている部屋より格段に狭い。けれども一夜を過ごすには十分な広さだった。ベッドが置かれ、洗面台やトイレなども設置されている。照明は暗いけれど、ランプもあった。きちんと掃除もされているので、まあまあ綺麗な場所だと思う。

だけど一つだけ気になる点がある。それは部屋を囲う鉄格子……。これじゃあ、まるで罪人じゃないか。

ここで一晩、自分のしたことを反省して、自白しろということなのだろう。

兵士は私を中に入れ、形式だけの礼をすると、何も言わずに懐（ふところ）から鍵束を出した。その中の一つを選び、慎重に鍵をかける。金属の擦（こす）れる音が聞こえると、無性に泣きたくなった。だけど、そんな姿をここで見せるわけにはいかない。

兵士が階段を上り、徐々に足音が小さくなる。遠くで扉の閉まる音が聞こえ、独りになったとわかった途端、心細くなってきた。

私は、ベッドの隅に座り、膝を丸める。

なんで、こんなことになってしまったのだろう。

ウェンデル……

腰に手を当て、高飛車に私を笑い飛ばす彼女の姿が脳裏をよぎる。

私を排除したくてたまらないのだろう。

とりあえず、明日はどうするべきか。どうやったら身の潔白を証明出来るのだろうか。

あのハンカチはもらいました、と言っても誰も信じないし、証拠もない。

ブローチを侍女に渡したことだって証明出来ない。

私のことを盗人だと思っている人達に囲まれるあの場に、また明日も立つかと思うと気が重い。

——誰も味方はいない。

どうすればいいのだろうか。膝を抱えて、そればかりを考える。

不意に、地下の扉が開く音が聞こえた。誰かが階段を下りてくる足音が響き渡る。

もしかしてイルミさん⁉

期待を込めて勢いよく顔を上げた私の耳に、甲高い笑い声が響いた。この声は——

「あら、いい眺めね」

私の期待は外れも外れ、大いに外れだ。

今一番顔を見たくない人物——ウェンデルが、ドヤ顔で鉄格子の前に立っていた。

「……何をしに来たの」

「決まっているじゃない。無様なあなたの姿を見に来たのよ」

こんなところまで私に会いに来るとはご苦労なことだ。きっと私が泣いていると思って、嘲笑い（あざわら）に来たのだろう。

けど、残念でした。私は泣いていない。とりあえずまだ、今のところは、だけど。

「わざわざありがとう。ここは快適よ」

「その強がりも、いつまでもつかしらね？」

「本当よ。眠りを邪魔する王もここには来ないでしょうし、ゆっくり考えごとが出来るわ」

わざと王の名を出した瞬間、ウェンデルの顔つきが変わる。

「余裕ぶっているけど、それも今だけよ。現に今日は王から声もかけられなかったじゃないの」

そう言って高らかに笑うウェンデル。確かに話しかけられていない。だけどそれがどうした。

「人を陥れ（おとしい）たら、いつか自分に跳ね返ってくるわよ」

「そう？　楽しみにしているわ。どう私に返ってくるのかしらね？」

私とウェンデルの視線がぶつかる。まるでその間に見えない火花が散っているかのようだ。

「邪魔なのよ、あんた」

「……」

長い髪を綺麗に巻き、瞳も大きく鼻筋も高いウェンデルは、人目を引く美人だ。

しかし目的のためには手段を選ばない性格は、最悪としか言えない。絶対わかりあえないし、友達になんてなれない。

「じゃあね。こんなカビ臭い場所にいたら、私まで臭くなってしまうわ。まあ、あんたにはお似合いだけどね」

ウェンデルは私をバカにして満足したのか、笑いながら去って行った。

こんな女性達を後宮に入れているなんて、王の女の趣味は最悪だと改めて知る。

それからどれほど時間が過ぎただろうか。

しばらく考えてみたものの、いい案は浮かばず、私は体をベッドに投げ出していた。

するとまた、階段上で扉の開く音が聞こえてきた。そして続く足音。

今度こそイルミさんが来てくれたかと、期待に胸を膨らませるが、すぐに思い直す。

これがグレゴルだったら、立ち直れない。ウェンデルもグレゴルも、同じ血が流れているだけあって、やることが陰険だから、グレゴルも時間差で私を笑いに来たに違いない。

顔を見ないように、私はベッドに寝そべったまま壁の方を向いた。

足音が鉄格子の前でピタリと止まる。顔を背けてベッドに寝そべる私に、低い声がかかった。

「……狭い檻(おり)だな、小動物」

その声が聞こえた瞬間、私は勢いよく振り返る。鉄格子の前にいたのは、王だった。

側近も連れず単独でこんな場所に現れて、いったいどうしたというのか。

「何を――」

何をしに来たの。

静かに私を見る王は無表情で、何を考えているのかまったくわからない。

あなたも私を笑いに来たの？

心がささくれだっている私は、自然と表情が険しくなる。

すると王は懐から一通の封筒を取り出した。訝しんで見ている私に向かって口を開く。

「話があるのだろう、俺に。――だから、来てやったのだ」

王が手に持つ封筒は、先日私が書いた手紙だ。間違いない。

だけど、このタイミングで、そんなことをわざわざ聞きにくるか!?

自分の置かれた今の状況に、手紙を出したことすら忘れていたわ！

この人、私のこの姿が目に入っていないわけ!?

空気を読まない発言に、目が吊り上がる。今はそれどころじゃないと頭にきたが、負けず嫌いな私はあえて意地を張る。

「話があるなんて書きましたが……。今は忘れました」

王が一瞬、眉根を寄せる。私はわざと手紙の件を無視して、話を変えた。

「さっきのブローチの件ですが、私は盗ってません！」

「だろうな」

「……え？」

王があまりにもあっさりと認めたので、逆に拍子抜けした。

「お前は宝石やドレスに興味がないだろう。あったら、とっくにねだっている」

王の言うことは当たっている。

宝石を眺めても、お腹は一杯にならない。綺麗だとは思うけど、欲しいかと聞かれるとそうは思わない。ドレスだって、必要な分があれば十分だ。

「そうよ。だから私はやってない」

厳しい声を出した王に、思わず息を呑んだ。状況が不利になるだけだろうに」

「では、なぜあの場でそう主張しない。言われた通りなので何も言えずに黙り込んでしまう。

「だんまりを決め込むのが己の主義であり、それを貫き通すというなら好きにしろ。だが、それでは生きにくかろう。自分で自分の首を絞めているようなものだ」

「……」

いや、私の首を絞めたのは先日のあなただから。

だけど、そんな嫌味も言えずに唇を強く噛む。涙が滲みそうになるが、グッと堪える。

「自分一人の力でどうにか出来ると思っているのなら、せいぜいやってみるがいい。お前の力がどこまで通用するか、見届けてやるわ」

強い口調の言葉と共に注がれる、王の鋭い眼差し。

私の力なんて、たかが知れているだろうに、何を言っているのだろう。

それとも豪快に噛みつく場面が見たいとでも言うの？　圧倒的に不利な状況で暴れて、そして自分の非力さを味わえとでも言うの？

それを見て笑いたいと、この人は思っているの……？

本当は王の姿が見えた時、一瞬だけ期待した。

心のどこかで、この状況から助けてくれるのかも、って思ってしまった。

だけど、やはり違った。

王は私を助けることなんてしない。甘い、甘いよ、私は！

ただ手紙の内容が気になったから、見に来ただけ。それか、私の姿を見て笑いたかっただけなのかもしれない。

このままでは私は罪を着せられる……

その時、ふと頭に浮かんだ可能性を呟く。

「罪を着せられたら——後宮から出られるかもしれない」

そうだ、なぜ考えつかなかったのだろう。

ウェンデルとグレゴルは私が後宮にいるのが目障りなはず。だからこんな罠をしかけてくる。

だったら私が後宮からいなくなれば？　そうすればこんな目に遭わなくて済むのだ。

目を輝かせる私に、王の冷たい声がかかる。

「出てどうする」

「それは……」

街に行って、働く。そう言おうと口を開く前に、王が続けた。

「のたれ死ぬ気か」

「……」

この人はなぜこんな意地の悪いことを言うのだろう。一瞬見えた希望を足で踏みつぶされた気分だ。

「出てみなければ、わからないじゃない」

精いっぱいの強がりを口にしたあと、私は唇を噛みしめ黙り込んだ。それを見た王は、呆れたのかバカにしたのか、せせら笑った。

「――出られると思うか？　後宮（ここ）から」

不意に部屋の鉄格子に手をかけ、その赤い瞳で私を真っ直ぐに射抜いてくる。

整った美麗な顔の口の端を歪める王だけど、その目は決して笑っていない。

「この鉄格子の部屋から抜け出せない、お前が？」

私は自分の手を強く握りしめ、王を見据える。

「まあいい。――もう行くぞ」

どうぞ行ってください。お出口はあちらです。と、思わず指で示したくなる。

早く出て行って欲しい。涙を流したくても、王がいてはそれも出来ないのだから。

私は、去っていく王に背を向けて、ベッドにうずくまった。

そして翌日の朝。

眠れなかった。朝食を出されたが、もちろん食欲などあるわけもなく、水だけを口にした。

兵士二人が迎えに来たので、大人しく部屋を出る。気持ちに比例して重くなった足取りのまま、広間へと向かう。

広間には、すでに皆が集まっていた。皆の注目を痛いほど浴びていると肌で感じる。

私は一つ深呼吸をして、顔を上げた。ウェンデルの勝ち誇った顔が目につく。

全て、あんたのでっち上げでしょう――

忌々しくて、つい視線も鋭くなる。

「ねぇ、固いベッドはよく眠れた？」

側に来て、笑いながら小声で聞いてくるウェンデル。彼女は、本当に人を苛立たせる天才だ。

いつもなら相手にするだけ時間の無駄だと思って聞き流すが、私の心に急に湧きあがる反抗心。

昨日の今頃、私は温かく広いベッドで眠っていた。一日経てば、こんなことになるとは予想もせずに――

そうだ、どんなチャンスがいつくるか、誰にもわからないのだ。

だとしたら、私は今日という、この日を逃さない。

私は決意を胸に秘めると、拳を握りしめ、ウェンデルに向かってにっこりと微笑んだ。

「な、何よ、気持ち悪いわね」

この場で私が笑みを見せたことに、ウェンデルはいささか焦ったようだ。

残念でした。泣いてしおらしくしている姿なんて、あんたには見せてやるもんか。今に見ていろ、
これは決意の笑みだ。

「それでは再開します」

イマールさんの落ち着いた声が広間に響く。

グレゴルは昨日と同じ、いや、昨日以上に鼻息も荒く、前に進み出る。

「昨日、許可を得られましたので、部下に彼女の部屋を探らせたところ、決定的な証拠を見つけました」

グレゴルは興奮しながら叫んだ。

「王よ、見て下さい。この箱の中を！」

グレゴルの手にしていたものを見て、私は衝撃のあまり叫びそうになった。

グレゴルは私の宝石箱を手にしていたのだ。机の引き出しに大事にしまってあったのに。

やめて、それには触らないで！

私のお気に入りの物を入れてある宝石箱だ。いくら許可したとはいえ、それは触れて欲しくない！

「この箱の中に隠すように、丁寧に白い布に包まれて入っておりました」

え……？

突然、聞こえた言葉に、私は耳を疑う。

グレゴルは白い布の包みだけを取り出すと、宝石箱を逆さまにする。中に入っていたものが、全て床に落ちた。

散歩の途中で見つけた綺麗に輝く石。フロースの押し花。

そして、夜会の時に身につけていた、白い花の耳飾り。

グレゴルは宝石箱の中を全て出しきると、もう用はないとばかりに、宝石箱を床へと投げ捨てた。宝石箱が床に叩きつけられた音が鳴り響く。フロースの押し花がひらりと舞い、床に落ちた。

「これが彼女の部屋から見つかったということは、盗ったという十分な証拠になります！」

グレゴルが白い布をはぎ取ると、中から赤紫に光るブローチが出てきた。それは紛れもなく、ウェンデルのブローチだった。

グレゴルが一歩前に出る。すると足元にあった私の耳飾りが踏まれた。

小さく鈍い音がして、それが壊れたのだと知る。私はグレゴルの足元を見ながら、顔を歪めた。

とても可愛いと気に入っていた耳飾りだったのだ。

それに、王から贈られた品だったのに――

「これでもう、言い逃れは出来ますまい！　このようなことがあるのでは、他の者達に示しがつきません。どうぞ厳重な処罰のご判断を！」

グレゴルの意気揚々とした声が、どこか遠くで聞こえる気がする。

ブローチが部屋から出てきたことより、花の耳飾りを目の前で踏みつぶされたことにショックを受けていた。

そもそもあのブローチは、なぜ私の部屋から出てきたのだろう。

王に手紙を書いた際に、あの宝石箱を開けた。だけどその時には、ブローチなど入っていなかった。だとしたらいつ？　……あっ！

その時、私の脳裏に浮かんだのは、王に手紙を出してすぐに、図書室へと向かった時のこと。あの帰りに、私の部屋の前でウェンデルの侍女を見かけたではないか。

私がいつ部屋を空けるのか、狙っていたってこと？

あの時にはもう、全てが仕組まれていたのだろう。

悲しくて悔しくて、たまらない。沸々と胸の中で広がる感情の名は『怒り』だ。

でっち上げの罪で糾弾されて、私の大切な宝石箱を無残に壊された。押し花だって心をこめて作った。それに耳飾りも大事にしていたのに……！

「これでもう、あなたはお終いね」

私に近づき小声で話すウェンデルの微笑み。全てが醜い。

「……そうね」

わざと落ち着いた声でため息を一つつき、身長差のあるウェンデルの顔を下からのぞき込む。そして彼女にしか聞こえない小声で話す。

「けれど、私がいなくなったところで、あなたのところに王が通ってくるとは限らないわ」

「なんですって⁉」

「ああ、自分に自信がないから、こんな姑息な手段を使うのかしら？　とても可哀想な人」

最後の一言、それはウェンデルに対する本音だった。

私がいなくなっても、王を独占出来るとは限らない。

きっと王はまた、私以外の新しい小動物――暇つぶしの相手を見つけるだろう。

「私はこれで毎日、ゆっくり眠れるわ。昨夜はあの地下にいても王が訪ねてくるものだから、眠れなかったの」

「……!!」

スッと、ウェンデルの目が細められた。彼女の余裕ぶった空気が変わったのを感じる。

「まったく、あなたの部屋にでも行ってくれれば、私は静かに眠れたのに。王はあなたの部屋より、カビ臭い地下がお好みみたいよ？」

ウェンデルの顔つきが、見る見るうちに変わる。朱色に染まる頬に、怒気を含んだ眼差し。

人を蹴落として、それをチャンスとばかりに好機を狙う。

そうまでして掴んだ幸せは一時のもので、いつか報いを受けるもの。そう思っている私の考えは古いのかもしれないが……私はこうなりたくはない！　それが甘いと言われても、人の恨みを買ってまで、幸せになろうなんて思えないのだ。

こうなったら、今まで面倒だと思って避けていたウェンデルに立ち向かおう。次のチャンスは、もうないかもしれないから。

やられたらやり返す。今がその時だ――！

「ごめんなさいね、ウェンデル。昨夜は王があなたの話を聞きに来てくれると思って、期待して待っていたのでしょう？」

「なっ……なにを言っているの!?」

いつもは反論しない私が饒舌になったものだから、ウェンデルは多少焦ったようだ。その隙を見逃さず、追い打ちをかける。

「でも、王はわざわざ、あの地下に私の話を聞きに来てくれたの。あなたのもとにも、話を聞きに行けばいいのに――」

私はウェンデルに思いっきり同情した顔を作って向けた。

「この……！」

ウェンデルの瞳が怒気を含んだと思った瞬間、大きな音が広間に響いた。

頬が熱くなると同時に耳鳴りがして、ウェンデルにぶたれたのだと知る。叩かれた反動で倒れそうになったが、踏ん張ってなんとか転倒だけはまぬがれた。

頬に受けた衝撃で顔を横に向けたまま、じんじんとしてきた頬の痛みに顔を歪める。

頬に手を当てると、血がうっすらとついた。

ウェンデルの長い爪でひっかかれたのだろう。長すぎる爪は凶器にもなると、身をもって知った。

顔を歪めながらウェンデルを睨み返そうとした時、王座が目に入る。

それまで無表情で傍観していた王の様子が少し違うことに気付いた。

眉をひそめ、驚くほど冷たい目をしている。

それは、ぞっとするほど冷ややかで――王の視線の先にいるのはウェンデルだ。

ウェンデルはその視線に気付かず、怒りで頬を赤く染めて私を睨んでいる。しかも、一発だけでは足りなかったようで、また私の頬を叩こうと構えている。

やばいかもしれない――

本能でそう感じる。

王のあの目は、あの夜会の夜と同じ、冷酷な光を宿していた。自分のおもちゃを人に傷つけられたことを、決して許さない目だ。

咄嗟に私は拳を握りしめ、一歩踏み込んだ。

背伸びして、綺麗に巻かれているウェンデルの髪をむんずと掴むと、思いっきり引っ張り、その顔を引き寄せた。いつもは私より高い位置にあるウェンデルの顔が、私と同じ高さにくる。

私の行動が予想外だったのだろう、ウェンデルは目を見開いている。

長いまつ毛、整えられた眉形、大きな瞳に高い鼻、派手で人目を引く美人。

私は気合と共に息を吸った直後、握りしめた拳を彼女の顔のど真ん中にめり込ませた。

ウェンデルの顔面に当たった拳に、かなりの手ごたえを感じる。自身の手に痛みを感じるほどだ。

ウェンデルがバランスを崩してその場に倒れこみそうになる。しかし、髪が抜け落ちるかと思うほど引っ張り上げてやったので、彼女は倒れずに済んだ。

「あっ……！　ああ……！」

ポタリ、ポタリと赤い血が、ウェンデルの鼻から流れてくる。悲鳴にならない声をあげて、彼女の肩が震え始めた。

そりゃそうだ、頬じゃなく顔面を狙ったのだ。しかも鼻血を出すなんて、混乱状態になるのも当然だろう。

鼻血を噴き出す彼女を見ながら、

「これでおあいこ!!」

と、ウェンデル――いや、王座で怒りのオーラを放つ王に向かって叫んだ。

自分の手でしっかり報復したので、手出しは無用だ！

王への牽制の意味でやったものの、過去に彼女に転ばされて足を挫いたこともまとめて仕返し出来て、スッキリだ。

だけど、人生で初めて人を殴ったショックは意外と大きい。手に残る感触が気持ち悪く、そこから全身に震えがくる。

しかし結果的にこれが、自分を救ったことになるということを、ウェンデルは気付いていないのかもしれない。私がやらなければ、王が直接手を下していたかもしれない。そんな予感がする冷たい眼差しを、ウェンデルに向けていたのだから。

「よくも私の顔に……！　あんたなんて一生許さない!!」

ウェンデルは怒りで我を忘れ、本性丸出しで叫んでいる。

イマールさんなど、あきらかに引いている。皆が呆気にとられている中で、王だけは冷静だ。

その赤い瞳は、遠くからでも宝石みたいに輝いて見える。こんな状況でもそんなことを思ってしまった。

だけど、あれ……だんだんと滲んでくるのはなぜだろう。

王の瞳だけじゃない。

王の姿も、周囲の人間も、ぼやけて見える。

下を向くと、手に冷たいものが落ちた感触がした。それが自分の涙だと知った瞬間――

「私は……」

涙が流れる顔で上を向く。周囲の注目を一身に浴びていると感じる。

いつも平和な毎日が来るとは限らないのだと、この一件で身をもって知った。このまま黙っていれば罪を着せられる。そうなったら、私は一生後悔するだろう。そんなのは絶対に嫌だ!!

「盗ってない……！」

意を決して、叫んだ。

たとえそうしたところで、私の意見は聞き入れてもらえないかもしれない。

だけど、盗人（ぬすびと）なんて身に覚えがない濡れ衣を着せられたくない！　最後のあがきでもいいから叫ぶと決めた。

「嘘よ！　私のブローチを盗ったに決まってる！　重い処罰を食らうがいいわ!!」

「違う！　絶対に盗ってなんていない!!」

「よく言うわ！　あんたなんて裸にされて、罪人達の牢に入れられればいいのよ！　ボロボロになるのを見届けてやるわ!!」

容赦ないウェンデルの言葉に、グレゴルがさらに重ねてくる。

「証拠のブローチがあるのに言い逃れをし、罪を認めるどころか暴力に走るとは、それだけで重罪だ！　罪人達の牢に入って、少しは反省するがいい」

それだけは絶対に嫌だ！　そんな理不尽なことがあってたまるか!!

そうなるくらいなら、この世界から消えてしまった方がましだ。

でも――

私はもう、やるだけやった。

ウェンデルに今までの報復をしたし、ブローチを盗っていないと主張もした。

――このまま罪人達の牢に入れられるのを、黙って待つしかないのだろうか。

ふと、強い視線を感じた。

顔を向けた先には、腕を組み、ただ静かに成り行きを見守っている王がいた。

私の宝石箱からブローチが出てきてしまったから、あなたもやっぱり信じてくれないの？　だからそうやって黙って見ているの？

違う……昨夜は私が盗っていないと叫ぶと、王はあっさりとそれを信じた。

私が自力でどこまでやれるのか見届けているのだ。

でも、私一人の力では、ここまでで精いっぱいだ。

ならば、あと私が出来ることは――

下を向いて、唇を噛みしめる。

そしてグッと手を握った後、勇気を振り絞って顔を上げた。

この状況が悔しくて腹立たしくて、感情が爆発してしまった私は、涙で濡れる顔を王座に向け、震える声で呟（つぶや）いた。

「助けて……」

今までは虚勢を張り、なんとか自分の足で立っていた。だけど誰一人として味方がいないこの状況では、もう立っていることすら出来ない。私は床にしゃがみ込んだ。

背を丸めて顔を下に向けると、大量の涙が流れ出る。一度決壊した涙腺は、とどまることを知らない。

昨夜は王に対して、あれだけ強気な態度を取っておきながら、今さら王に助けを求めるなんて、自分でも都合がいいとわかっている。

だけどこの場で、他に誰が私を助けることが出来るというの？　皆、私が盗ったと思っているのでしょう？

弱音は絶対に吐かないと決めていたプライドがもろく崩れ去り、私は泣きじゃくる。

ふと、かすかな音が聞こえた気がした。

空耳かと思ったが、その音はだんだんと大きくなり、私に近づいてくる。

鈴を鳴らしたような、小さな音。それは、以前も聞いたことのある、ブーツの留め具の飾りが揺れる音に似ていた。

その音は私の前でピタリと止まる。

顔を少し上げると、私の視界に漆黒のブーツの先が見えた。

さらに顔を上げると、そこには私を見下ろす美麗な顔。

赤く輝く瞳と、私の黒い瞳がぶつかる。

先程まで王座で傍観していた王だったが、今は無表情ではない。その顔に浮かぶ感情は怒りではなく、むしろ――

「助けて、か」

困惑する私に、低い声が頭上から降り注ぐ。

「早く言え。……馬鹿め」

ふわりと風が舞った。王がマントをひるがえし、広間の皆に顔を向け、私をその背に庇ったのだ。

「イマール」

王が、横で控えていたイマールさんに顎で指図すると、イマールさんが一つうなずく。

広間の中央へと進み出てグレゴルに近づいたイマールさんは、ブローチを取り上げた。まるで強引にひったくるように。

グレゴルは呆気にとられた表情のまま、空になった自身の手元とイマールさんを交互に見つめている。

イマールさんは上着の内ポケットから、白いハンカチを取り出した。そしてグレゴルの手から奪ったブローチを軽く拭き、王に手渡す。

王はそれを摘まみ上げたあと、天井のシャンデリアに向け、目を細めて見た。

「このブローチが盗られたというのだな」

「はっ、はい。まさしくその通りですわ」

ウェンデルは背筋を伸ばして返事をする。だが、激しく動揺しているらしく、顔色が悪い。

王は、しばらくシャンデリアの光にかざしたブローチを見つめて、呟いた。

「――よく出来た偽物だな」

ウェンデルは瞬時に顔を強張(こわば)らせた。

「に、偽物ではございませんわ」

「そうか。では、この俺の判断が間違っているというのだな？」

「そ、それは……」

「目が濁(にご)っているのは俺なのか、それともお前なのか。すぐにはっきりとするだろう」

王の威圧感に完全に呑まれているウェンデルは、王と視線を合わせることが出来ない。

「夜会は己(おのれ)の財を人に見せつける場でもある。代々伝わる家宝だというのなら、そう簡単に紛失させないだろう。そもそも、誰よりも目立ちたいと願う奴が、偽物を身に着けるわけがない。なぜ、わざわざ職人に作らせた？」

「そ、それは……偽物ではありません」

ウェンデルは動揺していたが、それでもはっきりと言い切った。

「そうか。……街の裏通りには商人達の店が立ち並ぶ。その中には、たいそう腕のいい職人がいる店があってな。金のない貴族の見栄のため、本物そっくりに宝石の偽物を作ることが出来るのだそうだ」

「……」

「確かスソーラの店、といったか」

ウェンデルは肩を震わせ、もはや言葉を発することが出来ない。

「お前の侍女は、大層口が軽いな。宝石一つであっさり釣れたぞ」

「……そんな……!!」

「ああ、もう荷物をまとめて後宮を出ていることだろう。次からは侍女を選ぶ際には気を付けたほうがいい」

王の意地の悪い言葉が続く。

「あの侍女は何年もお前に仕えていたらしいな。だが、『全て話せば罪に問わない』という交換条件で、面白いほど話してくれた。よほど鬱憤が溜まっていたようだな。意気揚々と、頼んでもいないことまで全て話して去って行ったぞ」

どこか茶化すように言った王は、次に声のトーンを低くする。

「――もう一度聞く。なぜ偽物を用意した」

凄みのある言葉に、ウェンデルの顔色がますます悪くなる。

「それは……」

「まるで、わざと紛失するがために作らせたみたいだが」

「だ、大事な物なので、紛失してはいけないと思い、念のために……」

ウェンデルは視線をさまよわせながらも王に返答する。その様子を見て、王は鼻で笑う。

「では聞く。偽物なら、ここまで騒ぐ必要などなかったのではないか?」

ウェンデルの肩がピクリと震える。

「お前の言うことは矛盾している。その上、これだけの騒ぎを起こした」

「お、王……!」

「安い芝居に、ここまで俺を付き合わせたのだ。その代償として、正直に理由を言え」

王の声は静かなのに、聞いているだけで恐ろしさを感じる。

私から王の顔は見えないが、ウェンデルの顔色を見る限り、よほど凄(すご)まれているのだろう。

「それ相応の処罰を覚悟してのことだろう？　本来ならば、このような愚かな策、俺が出るまでもない。後宮の女達のくだらぬ権力争いなど、好きにすればいい。ただ今回ばかりは話が別だ。サマンサ家は誰に泥をかぶせようと思ってやったのか、わかっているのか――」

この場の空気を凍らせるほど、低く鋭い声。

ウェンデルは傍目で見ていてわかるぐらい顔面蒼白(そうはく)になっている。グレゴルはといえば、目が泳ぎ、明らかに狼狽(ろうばい)していた。

「それと今回の件で一つ、ようやく尻尾を掴めた」

「っ……」

「図書室でマリに怪我をさせようと目論(もくろ)み、失敗に終わった。そして、街に出たマリを男に襲わせたのは、お前の指図だろう」

思いもよらなかった王の言葉に、私は一瞬息が止まる。

図書室で脚立(きゃたつ)から落ちたことも、ユーリスと街に出てガラの悪い男達に絡まれたことも、全てウェンデルの仕業なの？

今までのことはただの偶然で、運が悪いだけだと思っていた。まさか、これらの件も、ウェンデルが裏から手を回していたということ？

「後ろ盾のない女一人を手にかけたぐらいで、調べはつかないと踏んでいたか。――つくづく甘いな。お前は、王族であるユーリスにも危害を加えた。覚悟は出来ているのだろうな」

「な、なんのことでしょうか」

当惑の色を見せながらも、それでも白を切るウェンデルに、苛立ちを含んだ低い声がかかる。

「では、知らぬと言うのか？」

「あ、あの……」

「この王の間違いであり、己はなんの罪もないと？」

重苦しい空気が流れる中、ウェンデルがうつむいた。しばらくすると、意を決したように顔を上げた。

「わ、私はユーリス様に手を出せとは一言も……勝手に男達が……！」

ウェンデルの弁解を聞いた途端、高らかに笑う王。

「そうか。ユーリスに手を出したことに、自分は関係していないと言い張るのか――愚かな。事情がどうあれ、王族に手を出したことには変わりない。これは立派な反逆罪だ」

ヒィッとウェンデルが小さく叫ぶ声が聞こえた。

ウェンデルはよろめき、グレゴルにぶつかる。しかしグレゴルは、そんなウェンデルの体を勢いよく突き飛ばした。

ウェンデルが床に尻をついて倒れる。

「こっ、これは……！　この姪が勝手にやったことで、私はそんなことなど知らなかったのです！」

グレゴルが、姪であるウェンデルを切り捨てにかかった。

焦って冷や汗をかいているグレゴルを見ていると、身内のことより自分の保身が大事な人間だということがよくわかる。

「ああ、安心しろ、グレゴル。この件はお前には関係ない」

王の言葉を聞いて、グレゴルはほっとした顔をした。しかし、それもつかの間で、王の発言に再び表情を凍らせる。

「貴様には別件で追及すべきことがあるからな」

「なっ、なんのことでしょうか？」

「横領……と言えば身に覚えがあるか？」

グレゴルは飛び上がらんばかりに、肩を震わせた。

「前々から怪しいと思い、しばらく泳がせておいたのだ。……イマール」

「はい」

イマールさんは、書類を片手に読み上げた。

「西のシグレイル地方より、穀物にかかる税の帳簿が合わないと、前々から報告を受けていました。最初は微々たる金額でしたが、最近ではかなりの額にのぼっています。大方、味をしめてだんだんと横領額を増やしていったのでしょう」

「グレゴル。お前はシグレイル出身で、昔からの太い人脈がある。それを使い、周囲の人間に圧力をかけて脅し、うまくやっていたようだな」

イマールさんと王の二人に追及され、グレゴルはたじたじになる。

「短い期間とはいえ、王の側近という立場までのし上がることが出来て良かったじゃないですか。それも、横領の証拠を掴むための作戦でしたが。すぐ側で監視している方が、行動が読めますからね。欲深いグレゴル殿のことだ。近々何か仕出かして下さるだろうと、待っていました」

「くっ……イマール殿……」

「期待通りの行動をして下さったので、非常に簡単でした。ありがとうございます」

爽やかに言うイマールさんだけど、今のは絶対にお礼を言う場面じゃないと思う。

「肥えているのは体だけじゃなかったようだな。この俺の目をかいくぐれると思ったか。姪共々、舐められたものだ」

もはやグレゴルは、言葉を発することが出来ないぐらい固まっている。

そんな彼に、どこか楽しそうに王が声をかける。

「そうだな……グレゴル。北の奥地、ブレーニュ地方はどうだ？　あそこは寒さも厳しく、夏は灼熱の地だという。ああ、もちろん財産と領地は没収し、贅沢は出来ぬようになる。労働することで、体を動かす機会も増える。その身に蓄えた脂肪を消費するにはちょうどいいだろう？」

「ブレーニュ地方!?　そっ……それだけは……!!」

「今まで横領した額を全済するべく、寝る間も惜しんで働け」

「ああ、それは良いですね。健康体になりますよ、グレゴル殿」

王の決定にイマールさんが追い打ちをかける。イマールさんと王の二人組を敵に回しちゃいけないと、強く感じた。

「まっ……待って下さい！　なにか……なにかの誤解です!!　話を……聞いて下さい!!」

王が部屋に控えていた兵士に目くばせすると、兵士はすぐさまグレゴルに駆け寄り、その腕を取る。

「待っ……！　違う！　違うんです！　あっ……あれはあれは……私は関係ないっ!!　知らなかったんだ!!」

叫びながら兵士に引きずられて、グレゴルは扉の奥へと消えて行った。

それを見届けた王は、ゆっくりと頭を動かす。

「さて、次に――」

視線を向けられたウェンデルが体を震わせる。怯えるウェンデルに、王の低い声がかかった。

「反逆罪は死刑。よくても全ての財産を没収する。……お前はどうしたい？」

「そ……それだけは……！」

顔面蒼白になるウェンデルは、首を横に振る。

「嫌か。ならば別の処罰にしよう。お前は先程自分で口にしたな？」

「なっ、なにを……？」

「罪人達の牢に、裸になって入れ」

「えっ!?」

思いもよらない処罰を口にされたウェンデルは、顔を横に振りながら、がたがたと全身を震わせた。王が鼻で笑う声が聞こえる。

「――見物（みもの）だな」

意地の悪い笑みを浮かべているると想像がつく王と、向かい合うウェンデル。その顔色は真っ青になり、床に座ったまま動くことが出来ない。

『あんたなんて裸にされて、罪人達の牢に入れられればいいのよ！　ボロボロになるのを見届けてやるわ!!』

ウェンデルは、先程私に叫んだ刑を、自身が言い渡されてしまった。

やはり王はしっかりと聞いていたんだ。あの高い位置にある王座に座っている時に。

しかし、さすがにそれはあまりにも酷いのではと……同じ女として同情してしまう。

「ああ……王……お慈悲（じひ）を……」

ウェンデルが懇願すると、ふと王は思い出したように口を開いた。

「では、特別に選ばせてやろう。罪人達の牢に入るか、バルバロド伯爵に嫁ぐか――二つに一つだ」

「……っ！　バルバロド伯爵っ……！」

ウェンデルの瞳が大きく見開かれる。

バルバロド伯爵はでっぷりと太った体に、蛇のような目をした男。加虐精神の持ち主で、ある意味有名な人物だ。

「あれはそろそろ嫁を欲しがっていた。お前の見た目は美しいから、さぞかしバルバロド伯爵を喜ばせることだろう」

「王！　私っ……!!」

ウェンデルが王にすがって腕を掴もうとするが、王にすげなく振り払われる。

王の横顔の、その眼差しの冷たさを見て、私まで背筋が凍った。

あの目をする王には、何を言っても無駄だ。

「バルバロド伯爵に、せいぜい可愛がってもらえ」

「私はっ！　ここで……！」

「黙れ。甘い戯言を吐くな」

冷たい声で、ウェンデルの懇願を撥ね除ける王。

「命を取られないだけ感謝しろ。公になっていないとは言え、これ以上の寛大な処置はないと思え」

ウェンデルの悲痛な声も、王には届かない。

ウェンデルは、首を横に振りながら泣き叫ぶ。

「ユーリス様もなんて、そんなこと一言も！　そんなつもりはなくて――」

「……まだ言うか」

呆れるように息を吐き出した王は、ウェンデルの言葉を遮る。

「ユーリスに害を及ぼしたことも許せん。……だがお前は、それ以上のことをした」

王は一瞬だけ振り返り、背後にいた私に視線を投げたあと、また前を向く。

「先程、お前は言ったな。裸にして、罪人の牢に入れられろ、と。それは誰に言ったのだ？」

「そ、それは……」

「もう一度聞く。『誰に』牢に入れられろと叫んだ？　今思い出しても、腹の中が煮えくり返る」

王はそう吐き捨てると、次に楽しそうに言葉をかけた。

「やはりお前が、罪人の牢に入ってみるか？」

ウェンデルの返答次第で王は、本当に実行しそうだ。それを察したのか、ウェンデルは驚愕しながらも首を激しく横に振った。

「ですが！　私の話を……！」

「くどい」

言い訳しようにも聞く耳も持たない王に、何を言っても無駄とやっと気付いたのか、ウェンデルは大きな目をさらに見開いて固まった。

「最後に教えてやる」

そう言うと王は、美麗な顔を私に向けた。

「小動物を泣かせていいのは俺だけだ。他の誰にも傷つける権利などない」

王は、兵士を見て、ウェンデルを顎で差す。

「ああ、そうだ。その女は地下の反省部屋に興味を示していたようだから、そこに案内してやれ。――バルバロド伯爵が迎えに来るまでの間な」

王の一言には、誰も逆らうことが出来ない。

その場にうずくまるウェンデルを兵士二人が抱え上げ、無理矢理立たせた。そして広間の外へと連行しようとする。

ほんのさっきまで向かうところ敵なしといった様子で悠然と構えていたウェンデルは、もうどこにもいない。

「あんたなんて……！」

それでも彼女は髪を振り乱し、泣きながら私に食ってかかろうとする。兵士に引きずられて広間を出るまで、彼女は私に憎悪の目を向けたままだった。

「――これで全て片がついた」

ウェンデルが出て行ったあと、王が呟く。

いつの間にか側にいたイマールさんが、呆然と床に座る私に声をかけた。

「彼女の勝手な振る舞いは、前々から女官長より報告を受けていました。自分の策に溺れた結果です。それに下手をすれば、ああなっていたのはアオイ様です。同情する必要などありません」

イマールさんの言葉に、ウェンデルの姿を後宮で見ることはもうないのだと悟った。

ウェンデルは最後まで私に恨み言を言い、自分のした行動を悔い改めるような発言は見られなかった。

「イマール」

「はい」

王は私に背を向けたまま、イマールさんの名を呼ぶ。イマールさんは、王の横へ行き、膝をついた。

「今が見直す時だ。後宮のあり方を。……いや、その存在自体を」

「ええ」

イマールさんは、静かに頭を下げた。

「王が必要ないと判断を下した時が、その時期だと思います」

静かに会話する二人を見て思う。

イマールさんはきっと、王に意見を言うことの出来る、数少ない人なのだろう。

そして、王も彼のことは信頼していると、強くそう感じた。

イマールさんが私の方を一瞬見た後、目を細めて王に笑いかけた。

「しかし、王は加虐精神の持ち主だとずっと思っていましたが、どうやら思い違いをしていたみたいです」

「…………」

「目の前で自分の大事な方が傷つけられて、それを耐えて見ていらっしゃるとは。指先に力を入れ、ひじ掛けに食いこまんばかりの怒りを、よく抑えられましたね」

「…………」

「見ている王の方も、すごく辛そうな顔をなさっていましたよ」

「――何を言っている」

「私は王の人らしい姿を見ることが出来て、安心しました」

王の表情は見えない。私から見えるのは、王者の気品漂う広い背中だけ。

結局、私はウェンデルに罪をなすりつけられるところだったが、だけど最終的に追放されたのはウェンデル自身だ。人を陥れようとすると、己に返ってくるもの。自業自得だ。

しかし彼女はそれを受け止めることが出来るのだろうか。

王がゆっくりと頭を動かし、背後にいる私に視線を向けた。

私は、その視線を受けて我に返る。

王が体の向きを変えて膝をつき、私と目線を合わせた。そして私の頬に、そっと手を添える。

優しい手つきと、その温かさに、なぜか体がびくんと震えた。

「サマンサ家の動きが怪しいと、前から目をつけていた」

ん？　それって、この尋問が始まる前から王は知っていたということじゃないか!?　つまり、私が責められるのを傍観していたってことだ。

それはなぜ……!?

私の責めるような視線を王は鼻で笑い飛ばす。

「お前も黙っていただろう」

「何を？」

「ユーリスと出かけたことを」

「……っ……！」

そう言われては返す言葉がない。

頬を引き攣らせる私に、王は美麗な顔を向けて笑う。

「だから、これでお互い様だろう？」

この王はそんなことを根に持って……！

あの時のことを、しっかり報復されたことに気付く。

これは、たちの悪い冗談……？　それとも、他に真意があるの――？

王は優しげに目を細め、満足気にうなずいたあと、まるでそれを隠すかのように意地の悪い笑みに変えた。

「ああ、違うな。お前の言葉で言う『おあいこ』だな」

瞬時に顔が赤くなる。あれはウェンデルが先にやってきたことだから！　今までの恨みが募った結果だから！

だいたい、あの場で一番凶悪なオーラをウェンデルに向けていたのは、紛れもない王自身だから！

しかし言葉と反して、王の機嫌はなぜか悪くない。あの夜会の夜とは偉い違いだ。

王は何を思い出したのか、クッと笑う。

「お前の拳は見事だった」

冷酷で尊大だと思っていた王が出す、優しい声色に戸惑う。

だけど、今なら私も自然に言える気がする。

唇を一度きゅっと結んで決心した後、顔を上げて王と視線を合わせた。

「ありがとう……」

改めてお礼を口にする。本当はギリギリまで介入してくれなかったことを腹立たしく思う気持ちもあるけれど、この場を収めてくれたのは王だ。

私の感謝の言葉を聞いた王は、それまで浮かべていた微笑を消し、一瞬、瞳を大きく見開いた。真剣な表情をする王の視線が痛くて、逃げ出したくなる。……でも目が離せない。

どうせ恥ずかしいなら一度も二度も一緒だ。そう思って口にする。

「それと、勝手に街に出て……ごめんなさい。だけど逃げる気はなかったの。それは誓って言える」

本当はもっと色々言いたいことがあったけれど、それだけを口にする。

私は下唇を噛み、王の反応をうかがった。

王は無表情で何かを考えている。瞬き一つしない。

私の謝罪を受け入れる気はないのだろうか。

「切れている」

「あ……」

王が無表情のまま私の頬に手を伸ばした。先程ウェンデルの爪でひっかかれた箇所のことだろう。

指先で触れられ、少し痛みを感じて顔をしかめる。

その瞬間、力強く手を引かれた。

いきなり立ち上がったせいで、立ちくらみを起こし、ふらつく。そんな私の体を、王はいとも簡単に支えた。

「イマール、塗り薬を用意しておけ」

「わかりました」

王に言われ、イマールさんは礼をする。

頭を下げたままのイマールさんをその場に残して、王は私の手を掴み、大股で歩いて広間を出る。

訳がわからず連行され、着いた先は立派な扉のある王の部屋。

下働きの時の、シーツ交換に来ていた日々が懐かしいと、ふと思う。

部屋に入り、扉を閉めた王に、真正面から見つめられる。

小走りしたので息が少し上がっている私に対して、王は息の一つも乱れていない。足の長さの差なのか。

なんとか息を落ち着かせようとしていると、王と視線が絡みあう。

いきなり、王が手を伸ばしてきた。思わず先日の夜会の夜の出来事を思い出し、咄嗟（とっさ）に目をつぶってしまう。

――そして感じたのは温かな人の体温。

驚きで目を開ける。自分が王に抱きしめられていることを知った。

覆い被さるようにして、私の肩口に顔を埋（うず）めているので、王の顔は見えない。

肩に重みと吐息を感じる。

「……馬鹿め」

「え？」

王が何かを言ったが聞き取れず、つい聞き返す。だが、王は私の体を強く抱き返すだけ。それから耳元で囁（ささや）くように聞こえたのは――

「もっと早く素直になればいいものを」

「……」

「お前の涙は自業自得だ」

王の言葉はきついが口調は優しい。腰に回された手の力が強まる。

「マリ」

急に耳元で名前を呼ばれ、ドクンと心臓が跳ねた気がした。それは私のだろうか。それとも王の？

「――辛い思いをさせた」

王の言葉に、思わず耳を疑った。口を少し開けたまま固まる。

辛い思いとは……今回のブローチのこと？　それとも夜会の夜のこと？

最近辛いことの連続だったから、どのことを言われているのかわからない。

「サマンサ家は前々から怪しい動きを見せていた。最初は悪戯（いたずら）程度だと報告を受けていたが、徐々に危険な動きへと変わった。図書室の一件も、上れば足が折れるよう細工をした脚立（きゃたつ）を置いていてな。その後も注意はしていたが、お前が勝手に外に飛び出して行ったと聞き、さすがに肝を冷やした。あれでは、自分から殺してくれと言っているようなものだ」

王の台詞を信じられない思いで聞く。

「結果的には無事だったから良かったものの――」

苦々しい声を出す王は、そこで言葉を途切れさせる。何か言わなくては……

「そう、私は無事だった。……だからここにいる」

その瞬間、肩に感じる重みが消えた。

目の前には、美しい王の顔。

私の頬をそっとひと撫でした王は、私の顎を掴み上を向かせる。

驚く私の目に映るのは、潤んだ瞳で私を見つめる王の顔だった。

「ああ、お前はここに……俺の胸の中にいる」

触れられたところ全てに熱を感じて、体温が上昇する。

「――マリ」

名を呼ばれると同時に王の美麗な顔が落ちてきて、私の唇を奪う。

「んっ……！」

そして王は貪るように、私の唇を堪能する。

一方的に攻められて、息をしようと思っても、それすらも困難に感じるほど激しかった。

舌が入ってきて、全てを食べられてしまいそうなほどの情熱を感じる。

「はぁ……」

唇が離れた隙に、酸素を取り入れようと、私は必死に呼吸を繰り返す。

王はそんな私をじっと見つめると美麗な顔に満足そうな笑みを浮かべ、強く抱きしめた。

ムスクとアンバーの混じった香りを感じる。これは王の香りだ。なぜか懐かしさで胸がいっぱいになり、涙が滲んだ。

今の王は、王座から冷たく私を見下ろしていた時とは、まるで別人だ。

『お前が手を伸ばせば、俺はいつでもその手を取るぞ』

以前、王が言っていたことを思い出す。

本当だ——私が伸ばした手を、王は掬い上げてくれた。頼っても無駄だなんて、勝手に決めていたのは私だ。

それに気付くと、肩からすっと力が抜けた。

「マリ」

私の名を呼んで抱きしめ、王は優しい手つきで、そっと髪を梳いてくる。その手はとても温かい。

「お前は、素直になれず、意地を張り続ける性格だ」

それは昔から、周囲の人に言われていたことだ。『お前は素直じゃない』『意地っ張り』って。

「とはいえ、素直に人を頼るのも、やってみれば思っていたより簡単だっただろう」

「……」

私の沈黙を肯定と受け取ったのか、王は少し笑った後、呟く。

「お前は甘え下手だな——俺と似ている」

甘え下手……。それも幼い頃から言われ続けていたことだ。

図星をさされた私は返事に困ってしまう。

王は急に私の頭を支え、再び広い胸の中に閉じ込めてきた。

「もっと甘えろ、俺に」

「……それは」

「もっと上手く使うがいい。俺を」

王が私の耳元で囁く。

ぞくりときて一瞬身をよじりそうになったが、黙って言葉の続きを待つ。

「守れと言われれば盾になり、お前を傷つける者がいれば剣となってやる」

王の声音は今まで聞いたことがないぐらい優しい。

予想外のことばかりが起きて、私は戸惑いを隠せない。

「この俺を使う権利のある奴は、そういないぞ」

王は鼻で笑ったような声を出した後、すぐに真剣な声に戻る。

「――だから頼れ」

心臓が今までにないぐらいに早鐘を打つ。押し付けられた胸からは王の心臓の音が聞こえる。それは私と同じぐらいの速さで、驚いた。まさか王も緊張しているの……？

「王、アオイ様の塗り薬をお持ちしました」

扉の向こうからノックの音と、イマールさんの声が聞こえた。王は盛大な舌打ちをする。

「そのままにしておけば、アオイ様が痛い思いをなさるでしょう。手当てが遅れて痕になっては大変ですから」

　再びぐぐもったイマールさんの声が聞こえた後、王のため息と共に私を抱きしめる腕の力が少し緩んだ。だが、まだ扉を開ける許可を出さない。

「王、最後の仕上げが残っています。ここで一気にサマンサ家へ攻めこむのでしょう？　最後までぬかりなく、が大事です。私へのお叱りは後でお受けしますので」

　王にここまで言えるなんて、ある意味、イマールさんは最強だと感じる。

　王もこの後執務があるのだから、これ以上ここにいるわけにはいかないのだろう。でも、何だかもう少し王と話していたい気もする。

　私は王に抱きしめられたまま、ぼんやりとした頭で考える。

　王は私に、もっと甘えろと言う。

　イルミさんも以前『王に甘えてみるのはどうか』と言っていた。それを言われた時は戸惑うだけだった。

　けれども今なら、素直に口にすることが出来ると思う。

　逞（たくま）しい胸板に体を預け、その心臓の鼓動を感じながら私は呟（つぶや）いた。

「外へ……街に出てみたい」

　王の表情は見えないが、王が視線を下げ、私を見ていることだけはわかった。

「買い物したり、食事をしたり……ううん、見ているだけでもいい。人々の暮らしに触れてみたい」

お願いというより、これは願望だ。

呟きと共に王の背中にぎゅっと力を入れた。

王はどんな気持ちで聞いていたのだろうか。

しばらくすると王は私の体を、そっと放した。どうしたのだろうと、私はゆっくりと顔を上げ、王の顔をのぞき込む。

王は何かを考え込んだ様子で、無言のまま私を見つめていた。

「王、お願いです」

扉の向こうで痺（しび）れを切らしたイマールさんが再度扉を叩いたので、私はハッと我に返る。

王は観念したかのようにため息をついて扉を開けた。イマールさんは、安心したと言わんばかりの笑みを浮かべた。

「王、一度広間へお戻り願います」

その言葉を受けて、王は足早に部屋から出て行った。王の後ろ姿を見つめていると、イマールさんに声をかけられた。

「アオイ様。今回の件は大変でしたね。応急処置として、まずはこの薬を塗って下さい」

イマールさんから、薬の入った小瓶を手渡される。

「ほんのかすり傷なので大丈夫です。薬は必要ないですよ」

一度は薬を受け取ったけれども、私はすぐにイマールさんに返そうとする。たかが引っかき傷ぐらいで、大袈裟（おおげさ）な。そう思って断ったが――

「お願いですので、受け取ってください」

「でも、大丈夫です。血も少ししか出なかったし、自然治癒力に任せることにします」

そう伝えると、イマールさんは血相を変える。

「私を助けると思って塗って下さい。あとから医師も呼びますが、その診察も必ず受けていただきたいのです。お願いします」

私は驚いた。これくらいで医師を呼ぶなんて、とんでもない！

ならば、薬を大人しく塗っておいた方がいい。

薬は受け取ったものの、医師は断る私に、イマールさんはしつこいぐらい食い下がってくる。

ようやく薬だけで納得してもらうと、私はイマールさんに自分の部屋まで送ってもらったのだった。

第四章　街へ

ブローチ騒動から数日が過ぎた。私の頬の傷は、もう全然目立たない。

イマールさんから受け取った薬を毎日塗っていたら、傷はあっという間に消えた。彼が強く薦めるだけあって、効果は抜群だった。

そんなイマールさんは、ブローチの件の後始末で忙しく動き回っているらしい。イルミさんからそう聞いた。

王もその後の処理に追われて忙しいらしく、あれ以来姿を見ていない。

もちろん、その原因となったウェンデルの姿も見ていない。

サマンサ家の没落は、後宮を大いに賑(にぎ)わせた。その噂は尾ひれがついて広まり、どこへ行っても耳にするほど。中には私から何かを聞き出そうとする女性もいたが、私は曖昧(あいまい)に笑って何も答えなかった。

全ては終わったことだ。今さら口にして、噂を大きくする必要などない。

事件の当事者だった私は、つい先日の事件をまるで遠い昔のことのように感じていた。庭園の椅子に腰を掛け、飛んでいる鳥達をぼんやりと眺める。

どんな事件があっても後宮(ここ)は変わらない。

今は噂になっているウェンデルのことも、いつかは人々から忘れられるだろう。

一年後には、その名前すら出てこないかもしれない。その時、私は何をして、何を考えているのだろう。まだ後宮(ここ)にいるの？　それとも――

ゆったりと流れる風を感じながら、未来の自分を想像する。

イルミさんはそんな私に何も言わず、側にいてくれる。

日差しが暖かくて眠たくなり、瞼(まぶた)を閉じかけたその時。

「――マリ」

急に名前を呼ばれて、顔を上げる。

歩道の先から現れたのは、久しぶりに見る王だった。

「――王」

王はサマンサ家に対する処罰で忙しいと聞いていたが、もう全て片がついたの？

王がこの時間帯に庭園にいることが珍しくて、つい見つめてしまった。

ふと、妙な違和感を感じて、私は眉をひそめた。

重そうな飾りのたくさんついた黒い装束ではなく、白いブラウスに上着を羽織り、黒のパンツに飾り気のない革のブーツを履いている。

そう、王が軽装をしているのだ。

「すぐに出かけるぞ。イルミリア、用意は出来ているか？」

王がイルミさんを振り返ると、彼女は頭を下げて返事をした。

「はい。アオイ様、いってらっしゃいませ」

そしてイルミさんは、私に笑顔を向ける。

「え？　どこに？」

訳がわからず二人を見ると、王が呆れたようにため息をついた。

「お前が行きたいと言ったのだろう。もう忘れたのか？」

「え？」

「街だ」

「えっ⁉」

思いもよらない言葉を聞いて、私は口を開けたまま固まる。

「行きたいのだろう？」

確認のためか、王が私の顔をのぞき込んで尋ねる。私の驚いた反応を楽しんでいるのか、王の瞳がいつもより輝いて見える。

私は何度も首を上下に動かして応える。驚きのあまり口から言葉が出ないので、今は動きでしか伝えられない。

そんな私を見て、王は口の端を少し上げて微笑を浮かべる。

「ならば、ぐずぐずするな。時間は限られているのだからな」

そうして王は私に手を差し出す。咄嗟（とっさ）にその手を掴むと、王に力強く引かれて立ち上がる。

イルミさんの笑顔に見送られ、私は庭園を後にした。

そこからはあっという間だった。

用意されていた馬車に乗り、王と二人で街へ向かう。

ユーリスと来た時は青空市が開催されていたが、今日は特に催し物はないらしい。それでも街は人が多く、賑わっている。

高鳴る胸を抑えながら、馬車から降りた。街に足を踏み入れると、すぐに目に入った巨大な壁が気になった。前回来た時は気付かなかった。

「あれはなに？」

「あれは、情報交換の場だ」

近寄って見てみると、壁にはたくさんの木の板が貼られていて、そこにいろいろな店の情報が書かれてあった。

『看板商品のベーグルは朝から焼いてます。――パンのブレッシュス』

『今日の目玉はタタルとキャロン。――新鮮野菜のグレスの店』

『人気商品、シュクルの焼き菓子は昼から限定販売！　――お菓子のロレーヌ』

『布の切れ端、買取。――古着屋のフロム』

なるほど、街の人達は、こうやって情報交換や交流したりしているのか。手書きの板が所狭しと貼ってあり、まさに巨大な掲示板だ。

感心している私に、次なる興味の対象が目に入る。

「あれは？」

「あれは、流れの踊り子達だ」

掲示板のすぐ側では、セクシーなドレスを身にまとった綺麗なお姉さん達が、陽気な音楽に合わせて踊っていた。

周囲の人達は足を止めて見たり、一緒に踊りの輪に加わる人もいたりと様々だ。

私もしばらく踊りを見ることにした。お姉さん達の惜しげもなくさらした豊満な胸や、露わになった腰のくびれに目が釘付けになる。腰を使った官能的なダンスに、女の私でさえ見惚れてしまう。

ふと、三人いる踊り子達の情熱的な視線を感じた。

これは私ではなく、隣にいる王への視線だ、とすぐに気付く。

無理もない。王のような美麗な顔つきの男の人に見つめられたら、彼女達だって張り切るだろう。大きな胸を揺らして、艶のある厚めの唇をわずかに開ける様子は、甘い吐息を感じるほど妖艶だ。大胆なセクシーアピールに、側で見ている私の方が恥ずかしくなる。

一方、熱い視線を感じているはずの王は、微動だにせず彼女達を眺めている。

周囲の人間はそれに気付いているのかいないのか、激しい踊りを見せる踊り子達に、すごく盛り上がっていた。

彼女達の官能的で積極的すぎるアピールに、次第に耐えられなくなった私は、王と距離を取ろうと一歩、二歩と離れる。その瞬間、いきなり腕を強く掴まれた。

「あまり側を離れるな」

急に王が私の顔も見ずに言ったので、驚いた。

踊り子のお姉さん達が落胆した空気を肌で感じる。

「今度、側を離れたら首輪をつけるぞ」

王はそんな私の心情も知らずに、口では物騒なことを言って笑う。

そして、唐突に手を繋(つな)がれた。

指と指を絡ませ、固く結ばれた私達の手。その手の大きさと体温にドキッとする。手の平は剣を持つことがあるせいか、硬かった。

踊り子のお姉さん達の視線が、さらに厳しいものへと変わる。

まるで、『なんで、あんたみたいなのが？』とでも言いたげだ。本当にいたたまれない。

「行くぞ」

背中を見せた王に、踊り子のお姉さん達が寂しげな視線を送る。

だが王はそんなことも全然気にせず、私を引っ張って、街中へ進んで行った。

街の中心も賑(にぎ)わっていて、人がごった返している。

私は隣に並ぶ王が、またもや注目を浴びていることに気付く。主に女性達からの熱い眼差しだ。

黙っていても、その雰囲気や威圧感までは隠せない。ましてやあれほど美しい顔をしているのだ、無理もない。

そんな王と手を繋ぐ私も視線を感じて、なんだか背中がむずがゆくなる。

しかし、この場にこの国の王がいるなんて、誰が想像するだろう。

王は人に見られることに慣れているから、気にならないのだろうか。私はこんなに落ち着かないというのに。

王に手を引かれるまま進む先で、人々が集まって騒いでいるのが目に入った。

「あの人だかりはなんだろう」

見れば、壁にかけられている丸い木の的に向かって、人々が木で出来た小さな矢を投げていた。

「あれは？」

「矢で木の的を狙う、スクードという遊びだ。命中した点数を競う」

「スクード？」

首をかしげた私に、王はうなずいた。まるでダーツみたいだと思いながら、投げる人達を見ていると――

「やってみたいか？」

「え？」

唐突に聞かれて戸惑う。だけど私はダーツすらしたことがない。

返事に困っている私に、王はさっと背を向けて、店主らしき人に銅貨を渡す。そして手に十本の小さな矢を持ち、戻って来た。

「これを的に向かって投げろ」

木で出来た小さな矢は、とても軽い。コツはわからないけど、せっかくなのでやってみることにした。木の的に狙いを定めて、まずは一本投げてみる。

「……あ」

木の的に届くこともなく、矢はおかしな方向に飛んで行く。

負けず嫌いの私の気持ちに火がついて、私は残りの矢を四本投げた。

「難しい……」

思うように飛んでいかないし、木の的にはかすりもしない。

悔しくなり、他にやっている人達のやり方を見ようとする。

すると、それまで腕を組み黙って見ていた王が口を開いた。

「姿勢が悪い」

「えっ？」

「前のめりになりすぎている。あとは体の力を抜け」

「こ、こう……？」

言われるがまま体から力を抜き、リラックスして立つ。

「矢を持つ手にも、力が入りすぎている。それに投げる位置も低い。顔の横から投げろ」

「ここ？」

私が顎下（あご）あたりに矢を構えると、背後に王が立った。視線を私と同じに合わせ、矢を持つ私の手を取る。背後から腰に回される熱い手を感じて、顔が赤くなってしまう。

「このまま投げてみろ」

耳元で囁かれ、矢を投げるどころじゃない。

でも、その動揺を気付かれたくなくて、思いきって矢を投げてみる。

「あっ……！」

残念ながら的に刺さらず地面に落ちたが、的に当たりはした。

さっきまで全然かすりもしなかったので、これだけでも嬉しい。

「ねえ、今当たったわ！」

笑顔になって、背後にいる王に振り返る。その顔のあまりの近さに驚き、鼓動が跳ねた。王は、目を細めて満足げに私を見ている。

「まだ投げる力が足りないのだろう。だから的に刺さらない」

的を指さす王を見て、私はしどろもどろに言葉を紡いだ。

「の、残りはやってみて」

私が残りの矢を手渡すと、王はその場で構えた。

的に狙いを定める綺麗な姿勢が、周囲の人達から注目されていることを、王は知っているのだろうか。

いとも簡単に次から次へと投げ、一番遠い位置にある木の的に矢が刺さると、歓声が上がる。

さも当たり前のように涼しい顔をして投げた王に、思わず口から感想が漏れた。

「すごい」

「昔、さんざんイマールと勝負したからな」

そう呟いた王を不思議な気持ちになりながら見つめる。

当たり前だけど、この人にも幼い頃ってあったんだ。子供の頃の王って、いったいどんなだったんだろう……？

「行くぞ」

周囲の人達から注目を浴びる中、再び手を取られた。


それからは、街を気ままに歩いた。

目にするもの全てが新鮮で、つい何度も立ち止まってしまう。

「あれはなに？」

私が子供のようにその言葉を繰り返すと、王がそのたびに説明してくれる。そして、私が納得したのを確認すると、また手を引き、歩き出す。その繰り返しだった。

だけど変なの。

街にいると、いつもより王との距離が近いと感じる。それはこの街の雰囲気のせい？　それともこの、自然に繋がれた手のせいだろうか。

そう考えたら変に意識してしまって、頬が熱くなってくる。しかし、勘違いしてはいけない。私があまりにもフラフラするので、迷子対策のつもりなのだ、きっと。

気を取り直して街歩きを続ける。

それから雑貨屋に飾られた小物を見たり、色鮮やかな果実が並ぶ店を見た。

珍しい色の果実に見惚れつつ歩いていると――

「アル⁉　アルじゃないか！」

不意に前方から歩いてきた男性が、私達に声をかけてきた。

笑いながら近寄ってきた男性は、私の隣にいる王を見ている。もしかして、王のこと……？

思わず王の顔を見上げてしまった。

「久しぶりだな。こっちに戻って来ていたのか？」

「ああ」

馴れ馴れしい口のきき方に、一瞬ぎょっとするが、王も相手の男性も気にした様子はない。

「たまにはうちの店にも顔を出せよ！　お前がいると、女どもが騒いでうるさいけどな」

「気が向いたらな」

王がフランクに返事をしているのを聞いて驚き、目を見張る。

男性は見たところ二十代半ば。肌は日に焼けていて、体格はわりとがっしりしている。

背も高く、一見強面に見えるが、笑うと目尻が下がって可愛い感じになる。その人はずっと王に人懐っこい笑みを見せている。

王にこんな口をきくなんて、この人はいったい……

じっと見つめる私の視線に、ようやく男性が気付いたようだ。

「……って、なんだ、今日は一人じゃないのか！　珍しいな」

次に、繋がれた私と王の手に視線が刺さる。

私は気恥ずかしくなって、手を離そうと力を入れて振ってみるが、王の手は離れない。それどころか、より一層ギュッと力が込められる。

「今日はおデートか！」

「ただの散歩だ」

王がそう言うと、男性は声を出して豪快に笑った。

「照れるなって！　なんだ、そういうことか。酒場の女どもは泣くだろうなぁ」

……本当に、この人は誰だろう。

まるで王のことを、昔から知っているような口ぶりだ。

眉をひそめている私に気付いた彼は、手を差し出した。

「初めまして、可愛らしいお嬢さん。俺はジャン。裏通りの酒場の店主だ」

「は、初めまして。マリです」

見かけと違って紳士的な挨拶(あいさつ)だ。私は差し出された手を恐る恐る握った。

すると、彼はすぐさま握り返し、勢いよく上下に振る。体にも激しい振動を感じるぐらいだ。

「しかし、あんたも大変だな。アルは流れの旅人だから、いつこの街に帰ってくるのかわからないだろう？」

ジャンと名乗った男性は、私に同情の目を向ける。

流れの旅人のアル？　それはいったい誰のことを言っているの？

だけど私の隣には、王しかいないわけで――

隣に立つ王を横目で見るが、王の顔はいたって普通だ。

「もしかしてあんたも、一緒に旅しているのかい？」

「え……わ、私は――」

「それとも、この街に住んでいるのかい？」

「えっと……」

次々に質問されて、なんて答えていいのかわからず動揺する。元から口下手な性格もあって余計にだ。

そんな私の顔を、ジャンさんが高い位置からのぞき込んできた。興味深い様子で目を輝かせている。そんなに見つめられても困る。

その時、グッとジャンさんの顔が後方に引かれてのけぞった。

「わっ、アル！　なんだ」

驚いた声を出したジャンさんの首を、王が掴んだのだ。

「――近い」

「ああ？」

「その強面(こわもて)をそこまで近づかせては、うちの小動物が怯(おび)える」

そう言った王に、ジャンさんは一瞬目を丸くしたものの、声を出して笑う。

「なーんだ、意外に嫉妬深いんだな、アルって」

「……」

「でも大丈夫だ、手は出してないぜ、ほら」

明るく笑うジャンさんは、冗談を言って両手を振ってみせる。

そしてジャンさんはひとしきり笑うと拳を握り、王の肩を軽く叩いた。

「もうすぐ店を開けるから、ぜひ寄ってってくれ。待ってるぜ！」

それからジャンさんは店の仕込みがあるからと言って、手を振りながら帰って行った。

去って行くジャンさんの後ろ姿を見送る。そして――

「あの、王……」

そう呼ぶと、鋭い視線を投げられ睨まれた。

「ここでは『アル』で通っている。そんな名で呼ぶ奴はいない」

「あっ……」

「だからお前もアルと呼べ」

少し考えた挙句、口を開いた。

「――アル」

そう呼ぶと、王は横目で私を流し見たあと笑った。

この人ってば……

私には街に出ちゃいけないとか言いながら、自分はしょっちゅう抜け出しているんじゃないの!?

しかも街の人と親しくなるぐらい、相当昔から抜け出しているとみた。

「時間がないから、次に行くぞ」

意外な一面にまだ頭が付いていけていない私に、王が声をかけた。

いつか聞いてみようと思いながらその顔を見上げると、王は口の端に微笑を浮かべている。そして王に、再び手を取られたのだった。


それからも、飽きもせず街を見て回った。

どこに行っても王は目立ち、多くの女性の視線を浴びたが、本人は気にした風もない。

夕方近くになって、歩き疲れたのか、足が痛くなってきた。歩く歩調が徐々に遅くなったことに、王は気付いたのだろう。そのまま歩くペースを落とし、私に合わせてくれた。

そして、そろそろ休憩したいと思っていた頃、一本裏の通りに入った。

そこも慣れた道なのか、王は迷うことなくさくさくと進む。

やがて、目立つ店の看板が目に入った。その看板に描かれているのは、お酒の絵だ。

店の扉を開けると、先程道で会ったジャンさんが、カウンターでグラスを磨(みが)いていた。

「アル！　来てくれたんだな」

私達を見ると笑顔で歓迎してくれた。

「まあ、ここに座れって」

歩き疲れていた私は、遠慮なくジャンさんの勧めてくれた椅子に腰かけた。

それからジャンさんは、私に飲み物を出してくれた。氷と共にグラスに入っている液体は薄い紫色。初めて目にする不思議な色の飲み物だ。

「いただきます」

喉が渇いていた私は、ありがたく頂いた。飲んでみると甘酸っぱくて、喉越しがいい。

「すごく美味しいです」

「これは俺が作った、アルシュシュの実のシロップ漬けだ」

ジャンさんが嬉しそうに言う。こんな美味しい飲み物を自分で作れるなんて！　見た目は厳ついけれど器用な人なんだなと、感心した。

「そんなに気に入ってくれたなんて、俺も嬉しいぜ。ちょうど今漬けてあるのが、あと一カ月ほどで、飲みごろになる。その時に、アルと一緒に来てくれよ」

ジャンさんの申し出はありがたいけれど、私はそう簡単に街には来れない。ここは曖昧に笑って、感謝の言葉を伝えることにしよう。

「ありがとうございます。楽しみにしています」

そう言って、グラスをまた口に運んだ。そんな私に、王が隣で静かな視線を向ける。

しばらくすると王はジャンさんに話しかけた。

「ジャン、最近どうだ？」

「ああ、景気はぼちぼちだな」

私はジュースを飲みながら、二人の会話を黙って聞く。

「そういや、もうすぐ生誕祭があるから商人の出入りが激しくなってきたな～」

「稼ぎ時だからだろうな」

「それがよ、活気が出るのは大歓迎なんだが、そのぶん裏通りの治安が悪くなったんだ」

「……各国から、変なやつらが入って来ているのかもしれないな」

「かもなぁ」

ジャンさんは、磨いて綺麗になったグラスを満足そうに眺めて言う。

「アルはこの国に戻ってくるのも久しぶりだろ？　ゆっくりして行けよ」

嬉しそうに、王に声をかけるジャンさん。

王は無表情のままうなずくと、酒を注文した。

「おっ！　ちょうどいい酒が入ったんだ。これを飲んでけって」

そうしてジャンさんは戸棚からボトルを取り出すと、磨いたばかりのグラスにお酒を注いだ。周囲にふわりと香る、アルコールの匂い。王はグラスを受け取ると、口に運んだ。

「どうだ？　この酒うまいだろ！」

「ああ」

王が返事をすると、ジャンさんが笑顔になる。

王はそう言ったけど、いつも飲んでいる上等なお酒の味とは、明らかに違うだろう。

だけど――

庶民が飲むお酒を楽しむ王。

ジャンさんに『アル』と親しげに呼ばれ、返事をする王。

軽口を叩かれても、特に気にした風もなく聞き流している王。

この人は……いったい誰なの。

私はそんなことを考えながら、二人のやり取りを黙って聞いていた。

「疲れたのかい？」

不意にジャンさんが声をかけてくれた。我に返った私は、正直にうなずく。

「じゃあ、三階に上がって少し休んでいるといい」

「三階？」

私は首をかしげる。

「ああ、うちは宿屋も兼ねているんだ。ちょうど今三階の角部屋が空いているから、アルが飲み終わるまでの間、休んでいればいい」

王が無言でうなずく。

ジャンさんとは久々に会ったらしいので、積もる話があるだろう。なので、その間、私は三階で待った方がいいと思い、階段を上った。

角の部屋に入ると、部屋の中には簡素なベッドとテーブルと椅子が置かれていた。

木で出来た質素な造りだけど、シーツも清潔で、部屋の掃除が行き届いている。

部屋に入り鍵をかけ、深く息を吐き出すと、私は椅子に腰を下ろした。

街を歩くのはとても楽しかったけど、それ以上にいつもは見ない王の一面が衝撃的すぎて驚いた。

いったい、あの人は何を考えているのだろう。

私は戸惑いながら、そっと目を閉じた。

しばらくすると、扉が叩かれる音が聞こえてきた。

どうやら椅子に座ったまま、寝てしまっていたらしい。

私はまだ半分夢心地の状態で、ゆっくり立ち上がり扉を開けた。

「寝ていたのか？」

王が、私の顔を見て口を開いた。

私は黙ってうなずいたが、寝ていたことがばれるなんて、よほど寝ぼけた顔をしていたのだろうか。

恥ずかしさから頬を染めた私を見て、王はふっと笑った。

「あの、ジャンさんと話は――」

「終わった」

そうか、終わったのか。私は、どのくらいうたた寝をしていたのだろう。

それにしてもジャンさんと王の、あの親しげな様子。

いったい王はいつからジャンさんと知り合いなの？　それに、街に下りていたのは、いつからなの？　激怒して私の首を絞めた王と、私の手を引いて街を歩く王。城で見せる姿と街で見た姿――どちらが本当の彼なのだろう。

そこで、ふと思う。

この人だって、王という前に一人の男性なのだ、と。

ジャンさんに対する王の態度が偽り(いつわ)だったとは思えない。ごく自然に接していたように見える。王という立場じゃなければ、『アル』として過ごす生活の方が当たり前だったのかもしれない。

「どうした？」

口を開きかけたまま止まっていた私は、不思議そうに尋ねてくる王に、なんでもないと首を横に振った。

王は大股で部屋の中まで進む。

窓辺まで近づき、そこにある大きな窓のカーテンを一気に引いた。

薄暗かった部屋が、オレンジ色に染まる。これは夕焼けの色だ。ちょっとだけ休むつもりが、だいぶ時間が経っていたらしい。

王は大きな窓に両手をかけ、一番上まで引き開けた。

部屋に入り込んだ風が頬に当たり、少し冷たく感じる。気温が下がってきているのだろう。窓枠に腰掛ける王の顔もオレンジ色に染まっている。

王が手招きして呼ぶので、私はそっと窓辺に近づいた。

「見てみろ。俺はここからの景色が気に入っている」

促(うなが)された通り、大きめな窓から外を見る。夕日が差し込み、一瞬眩(まぶ)しくて目を閉じる。

そして再び目を開けて視界に入る景色に、私は目を奪われた。

小さく見えるのは王の城。いつもいる場所なのに、こうやって外から見るなんて不思議な感覚だ。

窓の下に目を向けると、街の大通りの店が並んで見える。夕刻だからだろうか、後片付けが始まっていた。行き交う人々も、昼間よりも少なくなっている。各々（おのおの）家で夕食の時間が始まるのだろう。

遠い場所に見える城と、目の前にある人々の暮らし。両方同時に目にすると、なんだか不思議な気分になる。

窓枠に頬杖をつき、その光景を眺めていると、隣にいた王の気配が背後へと移動していることに気付く。

「人々の暮らしを知るには、その中に飛び込むのが一番早い」

窓枠に手をかけ、共に外を見る王の声が聞こえる。

「俺への報告は、綺麗ごとが多い。『街の人々の暮らしも豊かです』――毎回そんなことを聞かされても、信じられるものか。庶民の声など、権力に握りつぶされるものだからな」

鼻で笑った後、王は急に真剣な声で続けた。

「俺はこの街が気に入っている。貴族達が俺を称賛する声より、自分の目で見たものを信じたい」

頭上から降る王の声に、私は黙って耳を傾ける。

「――だから俺に言えば良かったんだ。ユーリスと抜け出す前に」

小さく聞こえた言葉。そこに責めている色はないものの、心臓を鷲掴（わしづか）みにされた気がした。

私は息を呑み、自分の軽率な行動を思い出す。

ユーリスに誘われるがまま、反発心と好奇心で城を抜け出した。その裏でウェンデルが私を狙っていることに気付かず、自（みずか）ら危険な場所に飛び込み、危ない目に遭ったのだ。

自業自得だと、今なら素直に思える。

「どうして……？」

私はゆっくりと王の顔を見つめた。

「どうして、危ないって言ってくれなかったの？」

「お前が知らぬ間に、全て片を付けるつもりだった」

それは、私を不安にさせないため？

だから勝手に城を抜け出した私を、王はあれだけ激怒したの？

——心配してくれたから？

そんな考えが頭をよぎったが、自惚れすぎだと思い、口には出さなかった。

王が、遠方に見える城を指さす。

「あの城が俺達の生活する場だ。しかし、この街の民にも生活がある。それぞれの場所に」

「……」

「平凡な毎日のように見えても、同じ日はない。そんな民の暮らしを守ることが、俺の生きる意味だ」

誰に言うでもなく、王は呟く。まるで強い決意を秘めているような、そんな声だった。

街の中心にあった鐘が鳴り響く。

その音に驚いたのか、集まっていた鳥達が夕焼けの空に、いっせいに飛び立った。

「——そろそろ時間か」

私の背後に立っていた王が離れる。私は彼を振り返り、じっと見つめた。

「鐘を合図に街を出ると、イマールに告げてきた」

ああ、だから王は……

限られた時間の中でもいろいろ見せようとして、私を長い時間連れて歩いたのだ。

その優しさに今さらながら気付いてしまった。

王は、ゆっくりと視線を私に移す。そして――

「また来よう。――マリ」

そう言って私に手を差し出す王の顔は、夕日に照らされて眩しいくらい輝いていた。

『アル』から『王』に戻る時間が刻々と迫っている。

差し出された手におずおずと触れると、素早く掴まれ、ギュッと握られた。

夕日に照らされた王の顔を見て、なぜか胸がいっぱいになる。

階下で物音が聞こえ始めた。ジャンさんの酒場が始まったのだろう。

それから階下に降りて、ジャンさんに帰ると告げる。店は開店と同時に数人の客が入ってきたらしく、忙しそうだった。

「じゃあ、また来いよ！」

ジャンさんに見送られ、街外れで待機していた馬車に乗りこむ。

馬車の中では二人とも無言だった。だけど、その沈黙が不思議と苦痛に感じない。

城に着けば、目の前に座る人は『王』に戻る。

そんな彼を、私は不思議な気持ちで見つめていた。


城に戻って夕食を食べ、湯を浴びる。

今日はたくさん歩いて足が疲れたので、疲れを取り去ろうといつもより長めに湯に浸かった。

その後は部屋に戻り、窓辺まで椅子を移動させて寛ぐことにした。

満月の明るい夜なので、その明かりを頼りに部屋を薄暗くした。窓を開けると、部屋に冷たい夜の匂いのする風が入ってくる。空に輝く星と月だけで十分に明るい。

はるか遠方にポツポツと見える街の灯。さっきまであの場にいたのが不思議に思えて、私はしばらくの間じっと見つめていた。

やがて風が冷たく感じられてきた。体が冷えてしまうので窓を閉める。

ふと、物音と気配に気付いて、ゆっくりと扉の方へと顔を向けた。

「——王」

王は、黙ったまま近づいてくる。

「何を見ている？」

そう聞かれ、私はそっと窓の外へと視線を移す。そして小さな灯りを指さした。

「あの小さな灯の集まる場所のどこかに、ジャンさんの酒場もあるのかなと思って」

「……ああ」

王はそれだけを口にし、私の隣に立った。

そして、私に何かをスッと差し出してきた。薄暗闇の中、目を凝らして王の手元を見つめる。

そこにあるものが何か気付いた途端、驚きの声が出そうになる。それは、私が大切にしていた宝石箱だった。

グレゴルに床に叩きつけられて、壊れたはずだ。どうしてここにあるの？

「修理させた」

私の心中の疑問に答えるように、王が呟く。そして、受け取れと言わんばかりに宝石箱を私の手元まで近づけてきた。

恐る恐る王から受け取り、蓋を開けてみると、そこには何かが入っている。それは白い花の耳飾りだった。

王が夜会のために私に贈ってくれたこの耳飾りも、グレゴルに踏みつぶされたはずなのに。

「さすがに、これは修理というわけにいかなかった。だから、同じものを用意した」

「どうして……？」

ここまでしてくれるの？　と、続きを言葉にする前に、またもや王は私の気持ちを察したようだ。

「大事なもの、なのだろう？」

王の確認するかのような言葉に、私は宝石箱を握りしめ、力強くうなずいた。

ドレスは駄目になってしまったけれど、これだけは大切にしまっておいたのだ。

王はうなずいた私を見て、少しだけ顔を綻ばせた。その笑顔が、私の胸に鮮明に焼き付く。

やはり、この人と向き合うには、自分の気持ちをさらけ出す覚悟が必要だと感じた。

きっとこの人は私と同じ種類の人間――自分の気持ちを表現するのが得意じゃない人なのだと思う。不器用な私達は似たもの同士ともいえる。

ならば、私も素直にならなければいけない。

「この宝石箱、すごく嬉しい」

そして、宝石箱を窓辺にそっと置く。

「あと、耳飾りも」

素直に気持ちを伝えるのが恥ずかしくて、私は顔を見られないよう横を向いて呟いた。

ついさっき素直になろうと誓ったばかりだが、いきなりは難しい。

だが、そんなことを言っている場合ではない。私は一番大事なことを伝えていない。それを口にするなら、今だ。

私は顔を上げて、王の瞳を見つめた。王もまた私に、静かな視線を投げる。

「……今日はありがとう」

勇気を振り絞って呟くように言った言葉は、王の耳に届いたのだろうか。

この宝石箱を修復してくれたこと。耳飾りをくれたこと。そして、街に連れて行ってくれたことに対してのお礼だ。

王は私の言葉を聞くと、無言でゆっくりとうなずいた。

街では人々の暮らしに少しでも触れることが出来て、とても新鮮だった。皆が生き生きとした顔で商売をしていた。売っている品物も初めて目にする物が多く、全てが興味深くて楽しかった。でも、一番驚いたのは――

「だけど、ジャンさんが王を『流れの旅人』って……」

街で呆気にとられた時の事を思い出す。今さらだけど笑ってしまう。

自分を流れの旅人という設定にしたのは、たまにふらっと現れる理由を説明するのに都合がいいからなのだろう。

「本当のことを知ったらジャンさん、どうするんだろう」

あの大きな体が飛び跳ねんばかりの勢いで驚くかしら？　それとも口を開けたまま固まるかしら？　想像するだけで口元が緩んでしまう。

「考えるだけでおかしくて――」

笑いながら横にいる王に顔を向ける。

すると王は真面目な顔をして、腕を組んで窓枠に寄りかかり、私を見つめている。

「……やっと笑顔を見た気がする」

「えっ」

「いつも眉間に皺(しわ)を寄せているか、文句がありそうな顔をしているからな」

そう言われて、つい自分の眉間を指で擦(こす)ってしまった。

でも、そこはお互い様じゃないだろうか。私だって、王はいつも意地の悪い笑みを浮かべているというイメージを持っているのだから。

「特にここ最近はな」

確かに、ここ最近の私は事件続きで、心の底から笑う余裕などなかった。王に指摘されて、そのことに気付く。

「もっと笑えばいい」

「……え？」

「その笑顔を俺だけに向けろ」

熱の籠もった言葉をかけられ、心臓が止まるかと思った。

真っ直ぐに私を射抜く王の瞳は、薄闇の中でさえ輝きを失わない。

まるで言葉と同じ情熱を含んでいるかのようだ。

じっと見つめられて、私は動くことが出来ない。

王はいつもの意地の悪い笑みを浮かべてはいなかった。

全身から色気を放った王は、少し斜めに向けた艶っぽい顔で、私を見ている。

薄暗い部屋で月明かりに照らされて見えるのは、美麗な顔に潤んだ瞳。低い声が紡がれる薄い唇。

今、王が何を求めているのか、私は気付いてしまう。

見つめられ続けて体温が上昇する。心臓の鼓動が速くなる。心が騒ぎ出す。

——落ち着かない。

王が手を伸ばし、私の肩にそっと触れた。

触れられた箇所が熱を持ち、そこから痺れるような感覚が全身に走る。

王が私の脇下に両手を入れた。不意に体が宙に浮く感覚がして、王に持ち上げられたことを知る。

そして、出窓のように広い窓枠にゆっくりと下ろされた。

かなりの身長差がある王の視線が、今は同じ位置にある。

王を象徴するその赤く輝く瞳と、私の瞳がぶつかる。

魅力的に微笑んだ王は、私の背に手を回して引き寄せた。最初は軽く、次に力を込めて、私をぎゅっと抱きしめる。

反動で私は王の肩に顔を埋(うず)める姿勢になった。背中に回された手が熱い。

しばらくして、私の頬に熱い唇が触れるのを感じた。柔らかな唇が、頬をすべる。

「――マリ」

王はまるで愛の言葉を囁(ささや)いているように、優しく私の名を呼ぶ。

その途端、心臓が跳ねた。

次第に、お互いの息遣いが熱を含んでくる。

気付けば、さっきまで冷たい風を受けて冷えたはずの体が熱くなっていた。

私と再び視線を合わせた王は、手の甲で私の頬を一度なでた。それがまたくすぐったくて、思わず笑みが零れる。

すると王は私の顎(あご)を持ち上げ、ゆっくりと口づけしてきた。

優しくついばむのは、あまり慣れていない私の様子をうかがっているからなのだろうか。

しかし、だんだんと激しさを増す。

口内に王の舌が侵入してきた。でも、圧倒されるばかりで、王の望むように上手く対応出来ない。

口づけをしたまま、王は片手で私の夜着のボタンを一つ、また一つと開けていく。

次第にさらされる素肌に冷たい風を感じる。だが、それすらも心地よいと思ってしまうのは、それだけ体が熱を帯びているからかもしれない。

上半身の夜着のボタンが全て開けられ、肩からゆっくりと服を落とされた。

薄明かりの中とはいえ、露わになった肌に羞恥を覚えて胸を隠そうとするも、王が私の手を取りそれを制止する。

まじまじと見つめられて、顔から火を噴きそうだ。

そんな中、ふと王が一点をじっと見ていることに気付いた。

つられて視線を向けると、そこにはあの夜会の夜に王に噛まれた胸の傷痕があった。

今はだいぶ薄くなったけれど、やはりわかってしまうようだ。

王は無言で、その傷をそっと人差し指でなぞる。

それがくすぐったくて、思わず体が震えた。眉をひそめて何度も傷痕をなぞる王は、まるでその深さを確かめているように見える。

痕をつけたことを、後悔している――そんな風に思うのは間違っているのだろうか。

沈黙が続くのがいたたまれなくなり、私は傷痕をなぞり続ける王に声をかけた。

「……その傷は猛獣に噛まれたの」

微笑する私に、王は我に返った様子でこちらに目を向けた。

「今は痛くないから大丈夫。そのうち消えると思う」

苦笑してそう告げると、王も微笑で返す。

「確かに猛獣だろうな」

「ええ」

猛獣。あの時の全身で激しい怒りを表す王を表現するのに、まさにぴったりの言葉だ。

「……だけど本当に怖くて、取って食われるかと思った」

王は一瞬押し黙った後、ゆっくりと口を開いた。

「猛獣がゆえに、小動物への力加減がわからなかったのだろう」

力加減もなにも、やりすぎだろう。

「――だから許せ」

その言葉に、呆気にとられた。許せということは、王も噛みついたことを後悔しているのだろうか。

そもそも、これが謝罪のつもりなのだろうか。

どこか上から目線な物言いに、この人らしいと、また笑ってしまった。

私を見つめていた王が、頬にそっと手を当ててくる。

そして赤い瞳を私に向け、形のいい唇から低い声を紡ぐ。

「その猛獣は今、小動物が欲しくてたまらない」

王の艶っぽい声に体が震えた。

「――全身で求めている」

静かなこの空間に、優しさを滲ませ、そしてどこか切なげな声が響く――

「二度と、力加減を間違えないと――約束する」

王は、さっきまで触れていた私の胸の傷痕に再び目を向ける。

そして顔を近づけ、ゆっくりと舌を這わせた。

「ん……」

与えられる感触に、背中に這い上がったものは、甘さを含んだ疼きだった。

私の押し殺す声を聞いて、彼は何度も舌を這わす。傷痕を舐めて治すかのような仕草は、本当に猛獣のようだ。

王は傷痕に何度か舌で触れた後、次は私の胸の頂を弄び始めた。もう片方の手で揉みしだかれて、私は声をあげてしまう。

「んっ……ん……」

快楽に抗おうと必死になるも、彼は私の胸に顔を埋め、背に手を回して抱きしめているので、逃れられない。

王が私の胸の頂に吸い付き、舌で軽く転がすと、足の先から痺れるような感覚に襲われる。

しかし、力じゃ敵わないと知っているので、素直に懇願してみる。

「恥ずかしいから……やめて」

王は私の声にクスリと笑う。

「お前は、いつも恥ずかしいと言うな」

「だって……」

「俺がこれ以上にないほど、優しくしてやっているというのに——不満か？」

そう言って王は、私の髪を優しい手つきで梳いた。髪をひと房手に取り、指先で弄ぶ。

決して手荒なことはせず、やめてと言えば嫌がることをしない。まるで壊れ物を扱うかのような態度だ。

だから私は困惑するのだ。

優しい手つきで私に触れてくる王と、夜会の夜に激しく私を責め立てた王。

本当の王はどっちなの？

ねぇ、どっち——？

それが不思議で、真意を探るように王の顔を見つめた。熱を孕んだ視線と交差する。

すると、王が先に視線をそらした。

「——あまり俺を見るな」

「なぜ？」

王だって、ずっと私を見ているじゃない。私だって同じことをしているだけなのに。

「優しくしてやろうと思っているが、そう潤んだ瞳を向けられては難しくなる」

王はそう言うと、上着を脱ぎ捨てた。シャツも脱ぎ、細身なのに程よく筋肉のついた均整の取れた体を、惜しげもなくさらす。美しい体つきに思わず目を奪われてしまった。

王は、私の背に手を回し、再び胸に唇を落としてきた。

首筋に口づけられ、胸を揉みしだかれ、敏感な胸の頂を絶妙な力加減で摘ままれ——体から力が抜ける。

そして胸への愛撫と同時に、私の下半身の夜着に伸びた王の手が、そっと太ももに触れた。

「あ……」

体がびくんと跳ねて反応する。

私の反応を見て、王が静かに笑ったのに気付いた。

それがすごく恥ずかしくて、嫌々とばかりに首を横に振る。でも、王は微笑するだけで、私を解放しようとしない。

王は私の左膝の裏に手を入れて持ち上げ、足が開かれる格好になる。私は慌てて閉じようとするが、それも叶わない。

王が手を伸ばし、下着の上から指で触れてくるのは敏感な部分。

「あ……やっ……」

窓枠に座る私に逃げ場はなく、王の指から与えられる甘い痺れと羞恥心でおかしくなりそうだ。

「あぁ……」

自分自身が制御出来なくなって、せつない吐息が漏れる。徐々に熱くなる体をどうしたらいいのかわからないのだ。王の肩にかけた手に力を込めて、快楽の波に耐えるしかない。

ふと、王の肩にひっかき傷が目に入った。うっすら赤い血が滲んでいるのを見て我に返った私は、王の肩を掴んでいた手をぱっと離した。

王は不思議そうに自分の肩口を見つめた後、私を見る。

「別に構わない。お前にも傷をつけた」

つと私の胸の傷を指でなぞる。そして、私の顔と同じ位置に自分の顔がくるよう体を起こすと、いきなり抱きしめた。汗ばんだ私の体はしっとりしているだろう。

王の肌と直接触れ合い、体温の上昇は止まらない。

そして再び宙に浮く感覚——

王に横抱きでベッドへ運ばれているのだと知った。

ベッドに着くと、私はゆっくりと下ろされる。

すでに王は上半身だけでなく、全ての服を脱ぎ捨てていた。

直視するのが恥ずかしくて、私は赤くなった顔を背ける。王は上半身だけ脱がされていた私の夜着を、全てはぎ取る。

ショーツ一枚になった私は、思わず側にあったシーツを手に取り、急いで体を隠す。

王は、そんな私を見て微笑した。

「なぜ隠そうとする？」

「だ、だって……」

「覚えておけ。男は、隠されると余計に見たくなるものだと——」

そう言いながらも、シーツを無理矢理はぎ取ることはしない。

ゆっくりとシーツをめくった王は、体を滑りこませてくる。

密着する体と、感じる王の体温。また羞恥心が込み上げ、反射的に両手で胸を隠した私は、王に背を向けて、うつぶせになる。

静まれ、静まれ心臓――

「マリ」

背後から名を呼ばれ、より一層心臓の鼓動が速くなる。

背中に感じる王の体温が、私に甘い痺れをもたらす。

背後から耳を甘噛みされ、強弱をつけて胸の膨らみに触れられる。

胸の頂を指で摘まれると、思わず声が出てしまった。

「あっ……」

それを聞いて満足げに笑った王は、首筋に唇を這わす。

触れ合っている部分の全てが熱くなり、お互いの体温で溶けてしまいそうだ。

余裕のない私をゆっくりと快楽に導こうとする王は、力の抜けた私の体の向きを変え、自分の方を向かせた。

「マリ」

名を呼んだ後、唇に落とされる口づけ。やがて舌が私の口内に深く侵入してくる。

深い口づけを続けながらも、手のひらで包みこまれ、揉み揺らされる胸。

そして、優しくついばむような口づけを全身に与えてくる王に、私は翻弄されっぱなしだ。

やがて王の手が徐々に下がり、私の体で一番熱くてたまらない部分までたどり着く。

一瞬、思わず力が入ってしまう。

感じていることに気付かれたくない。

けど止めないで、この刺激を与え続けて――

自分の中で持て余す、矛盾した感情。

そんな私の胸中を知ってか知らずか、王はその熱い部分に強弱をつけて触れてくる。おかしくなりそう。だけど、たまらない甘美な刺激。

「あっ……んっ、ん……っ」

声を我慢しようと思っても出来ず、涙が出そうになってくる。

やがて王は邪魔だと言わんばかりに、私のショーツを脚から抜いた。

全てをさらして恥ずかしいと思う間もなく、王から与えられる愛撫は続く。

涙目になった私を宥めるためか、時折王が私の額に唇を落とす。

「マリ」

直に触れられた場所からは、すでに甘い蜜があふれ出ている。

この体の奥底から湧き出る感覚が普通なのか、異常なのかすらわからない。

一番敏感な部分を触れられると同時に、私の中に指が入ってくる。

そこから先はもう、王の体にしがみついていることしか出来なかった。

指が抜き差しされ、静かに中をかきまわされる。

「ああっ……！」

与えられる律動に意識が飛びそうになる。

薄目を開けて見ると、王の顔から、いつもの余裕な笑みが消えていた。

「――マリ」

苦しげな表情をして私の名を呼んだ王は、私の膝を持ち、自分でもわかるぐらい十分に蕩けきったその場所に、ゆっくりと自身をあてがう。その感覚に体が震えた。

これは羞恥心からなのか、これから与えられる快楽を求めてなのか――自分では認めたくはないと思うが、きっと後者だ。

王と交わる瞬間、全身の感覚がそこに集中していると感じる。それはまるで甘い媚薬のようだ。

ゆっくりと侵入してくる王に、最初の時に感じた痛みはなかった。

それどころか、もっと深くきて欲しいと思ってしまう私は、おかしいのだろうか。

「だいぶ慣れたか」

王の呟きに、全てを見透かされているようで瞬時に顔が火照る。

「もっと、俺を求めるようになればいい」

王が嬉しそうに言い、目を細める。

ああ、そうなのか。こんな風に快楽に身を委ねても、いいんだ……

私は息を深く吐いて目を閉じた。やがて王と深く繋がり、一つになる。

王が覆いかぶさり、私の耳元に口づけをした。

「もっと俺を――」

その先の王の呟きは、余裕がなくて言葉を拾えなかった。

一つになったそこが熱くてたまらない。

口の端に軽く笑みを浮かべた王は、私の頭をなでて、腰を動かし始めた。

「あ……あぁ……」

「……マリ」

王は私の耳や頬に優しく口づけながら、律動を徐々に深く、そして激しくしてくる。

声を堪えたくても、それすら出来ない。羞恥を全て投げ捨てた行為に、もう何も考えられなくなっている――

「マリ」

激しい息遣いと共に、名を呼ばれたことに気付いて薄目を開けた。

眉間に皺を寄せた目の前の王は、息遣いも荒く、どこか苦しそうだ。

だけど深く考えるのは不可能で、でも精いっぱい頑張って、荒い息遣いの中、一言だけ声にしてみる。

「……ア……ル」

この行為の最中、ずっと私を呼び続ける王に、私は初めて名前で返した。

私の声はちゃんと届いただろうか。

王の動きが一瞬止まる。直後、私の片手は激しく王の手に組まされ、指と指が交差する。

王が私の膝裏に片手を入れたと同時に、ぐっと腰を進めた。より一層深くなった繋がりと、体のくる。
奥底から感じる快楽に、私は背中をのけぞらせた。王が激しく動くたびに、甘い波が押し寄せてくる。

「ああ……んっ……！」

唇を塞がれ、狂おしいまでに情熱的な口づけを受ける。
今までにないほどの、甘美な刺激を与えてくる王。
私は王の肩にしがみつき、絶え間なく続く快楽に身を委ねた。

「あっ、あっ……んっ……んっ」

「マリ」

そうして私は、快感に支配されて制御がきかなくなる中で、頭の中が白くはじけた――

月明かりの中、私は火照った体をベッドに投げ出していた。
全身に力が入らないので、シーツにくるまって呼吸を整える。
そんな私の横で、王は身を起こして頬杖をついて座っていた。あれだけ汗をかいたのに、今は涼しい顔をしているのが不思議だ。むしろ満ち足りたような顔をしている。
今、たわいもない話を始めたら、王はどう反応するのだろう。
ふと試してみたい気持ちが湧いて、私は話しかけた。

「……あのね」

「ああ」

「最近、部屋の窓辺にリィムが遊びに来るようになったの」

リィムとはふわふわの白い毛を持つ、リスみたいな小さな野生動物だ。最近やっと私の手から餌(えさ)を食べるようになり、懐いてきた。

「俺は、幼い頃飼っていたことがある」

王が生き物を飼うなんて、ちょっと意外だ。

「それが、自分の不注意で、カゴから逃げ出して森に帰っていった。餌も十分与えたし、立派すぎるほど広いカゴに入れて何不自由ない生活だったのに、なぜ逃げ出すのかと、幼いながら激怒した。逃がすぐらいなら、いっそ俺の手でつぶせば良かったと、後悔するほどだった」

「……」

そんな風に考えるなんて、まったく王らしい。

「……あのね」

苦笑いして話す私に、王がゆっくりと顔を向ける。

「好きだからってカゴに入れて閉じ込めて、一方的な愛情を押し付けたら、リィムも窮屈だよ、きっと」

こんなことを言ったら、生意気かもしれない。だけど、今はそれが許される気がした。

「愛情を押し付けるんじゃなくて、相手が受け取れるぶんだけ愛情を与え続ければ、リィムみたいな野性動物でも、自分から人の肩に乗ったりするって、イルミさんが言ってた」

「……」

「その時も、そうすればリィムのほうから近寄ってきたのかも。……最後まで逃げなかったのかもしれないね」

王が私の顔を見つめているので、私は微笑んだ。

「けどそれも昔の話なら、今さらもう遅いかな？」

「いや、遅くない」

きっぱりと言い切った王は何か思うところがあるのか、少し考え込んでいる。

そんな王の肩に、ふと傷がついていることに気付いた。

細い線で描かれたそれは、私の爪の痕なのか。それに加えて小さな歯形が……

そういえば、襲ってくる快楽をどうしていいのかわからず、王にしがみつき、その肩口を噛んで耐えていたような……

私の視線に気付いた王が、自身の肩の傷を確認した後、私の胸の傷痕を指でなぞる。

「これで『おあいこ』だな？」

そう呟き、王は私に優しい微笑を向けた。

まどろみの中で、いつもより自然に王と会話をすることが出来た。こんな穏やかな時間を、この人と共有出来るようになるなんて、とても不思議な気持ちだ。

だけど私はすごく眠くて、今にも目が閉じそうになっていた。

「――マリ」

王が私の名を呼ぶ。すでに半分夢の中だった私は、肩を揺さぶられてうっすら目を開けた。

「……眠れないの？」

「夜は長い。まだ寝るな」

「え……？」

「――寝かせはしない」

そう言うと同時に、私に覆い被さってきた王の体は熱い。それを感じた私の体も、一気に熱が上昇する。

そうして私は、再び執拗なぐらい王に求められたのだった。


ゆったりとした風が吹くお昼時。私はイルミさんと一緒に図書室に向かっていた。

最近はいろいろあったので、本を読んでいる余裕などなかった。久々の図書室に心が躍る。

読みたい本を数冊選ぶと、部屋で読むため、図書室を後にした。

そういえば、あれから後宮の女性達からの嫌がらせはピタリと止まった。

ウェンデルの取り巻きだった女性達をたまに見かけるけれど、特に意地悪もされない。

それどころか『アオイ様』と名前を呼んで、やたらとすり寄ってくる。

やれお茶会をしましょうとか、やれ仲良くなりたいとか言ってくるが、それが正直うっとうしい。

『お近づきの印に』と言われて、贈り物をもらうこともあるが、全て丁重に断っている。後が怖いし、受けとったら何か見返りを求められそうで面倒なのだ。

ウェンデルがいた時は、それこそ、一緒になって文句を言ってたのに、後宮の女性達の変わり身の早さには恐れ入る。ウェンデルがいなくなったせいもあるのだろうけど、それに私が関係しているという噂が流れているのかもしれない。

まぁ、それはもういい。とにかく近づかなければいいのだ。

「マリ！」

イルミさんと歩いていると、聞き覚えのある声がしたので、呼ばれた方へ顔を向けた。

「ユーリス!!」

その顔を見て、思わず叫んでしまった。

ユーリスは満面の笑みを浮かべながら、足早に駆け寄ってくる。

「お前、元気だったか!?」

ユーリスと会うのは、あの夜会の夜以来だ。

そして今ここにいるということは、城に出禁は解けたってこと？

王の逆鱗に触れ、どことなく気まずい別れだったけど、笑顔を向けてくれる天真爛漫さに、なんだか救われる。

「今日はアルに呼ばれてな。今から挨拶してくるんだ」

言われてみると、今日のユーリスは茶色の髪を後ろに固め、真っ白で高級な素材だと一目で分かる上着を着ている。きちんとした白い正装に身を包むその姿はいつもより大人っぽく見えた。

「なんだかアル、機嫌よくなったみたいで、城の出入り禁止を解除してきた」

「そうなの？」

「今回はいつもより短かったな」

つまりユーリスは、もっと長い出入り禁止を食らったことがあるということですね。しかも、何回も。その時はいったい何を仕出かしたのだろう。聞いてみたいが、恐ろしくて聞けない。

「あれだけ怒っていたのに、こんな短期間で済むとは……気持ち悪いな」

顎に指を当てながら、素直に出禁解除を喜ぶより怪しむユーリスは、意外にも疑り深い性格らしい。

すると、ユーリスは急に思い付いたように、私を真っ直ぐに見つめてきた。

「さては……アルとなんかあったか？」

「え？」

ユーリスと目が合い、ドキッとする。

「なにかと聞かれても……なんでしょう」

すっとぼけた振りをした私の様子を見て、ユーリスが口を開く。

「ふーん。なんか、つまらんな。俺が屋敷で一人大人しく反省文と謝罪の手紙を書かされている間、アルは上手くやっていたみたいで」

面白くなさそうに、目を細めるユーリス。だけど、私だって色々あったのだ。

私の何か言いたげな顔を見たユーリスは、ああ、と思い出したように口を開いた。

「マリも大変だったな、サマンサ家のこと」

「……うん」

「だけど、最後はアルが助けてくれただろう？　結局、自分が認めた奴には優しいからな」

やはり、ユーリスの耳には全て入っているのだろう。

王が優しいかと聞かれたら、即答は出来ないけど……優しい部分はあると思う。

「あー、でもなんか、悔しいわ。アルに一歩リードされた感じで」

そしてユーリスは、私を子供扱いしているのか、頭をぐりぐりと撫で回す。

わ、私の方が年上ですから！　乱れてボサボサになった私の髪を見て、ユーリスはにんまりと笑った。

ふとユーリスは真面目な顔をし、私の後方を見つめる。

「なぁ、あそこ……あの緑の茂みのとこ、何かいるぞ」

ユーリスが不思議そうな顔をして指を差す。

「え？　なに？」

私も釣られてその方向へ顔を向けるが、何も見えない。

「ほら、あそこ。陰になっているとこ」

「どこ……？」

「よく見てみろって」

ユーリスに言われた通りに目を凝らしてみるが、やはり何も見えない。時折、風が吹いて茂みが揺れるだけだ。

「何も見えな――」

眉間に皺を寄せて振り返った私の視界には、ユーリスの満面の笑み。

彼は、すばやく私の頬を両手で掴んだと思うと、そのまま綺麗な顔を近づけてきた。

驚きのあまり、私はユーリスの動きを固まって見ていることしか出来ない。

吐息がかかるくらいの距離で、ユーリスが目を閉じる。

あ、まつ毛がすごく長い……と、思った瞬間、唇に温かい感触を感じた。ついばむように、チュッと軽く触れたそれは、ユーリスの唇……

「……ッ——‼」

思いもよらない展開に、声も出ない私。

だけど、すぐさま我に返り、ユーリスを突き放そうとする。

私が両手で押す前に、ユーリスは素早く離れていた。

「ははは！　油断したな、マリ」

「ユ、ユーリス……！」

「約束しただろう？　口づけをもらうと！」

まるで悪戯が成功した子供のように喜び、はしゃぐユーリス。正装に身を包み大人っぽく見えても、やはり中身は変わらない。

「いいじゃないか。俺だって大変だったんだからな。これ一つでチャラにしてやるよ！」

「ユーリス‼」

まったく、悪戯にもほどがある。

誰かに見られて、変な噂でも立てられたらどうするんだ。それこそ夜会の夜の二の舞はごめんだ。

ユーリスだってまた、出禁食らいたくないでしょ!?

私が顔を真っ赤にして怒っても、ユーリスが気にする様子もない。、むしろ上機嫌ではしゃいでいる。

「もう……」

とはいえ、どこか憎めないのが、ユーリスだ。笑う彼を見ていると、背後から足音と人の気配を感じて振り返る。

「――ユーリス」

「アル……じゃなかった、アルフレッド王」

現れたのは王だった。

つい、ビクッと体が震えた。だ、大丈夫。今の、ばれてないよね、きっと。

「時間になっても現れず、どこで油を売っているかと思えば……やはりここか」

王の低い声はいつもと変わらない。

「心配になって探しに来たのか。まぁ、俺の心配じゃないだろうけどな」

ユーリスはそう呟いた後、チラリと私を見た。

「安心しろ、マリに手は出してないぞ」

ユーリスが、しれっと言う。どの口が言う……!

彼は、私にだけ見えるように唇に人差し指を当て、可愛く『ナイショ』のポーズを取る。

癪だが、今回は私も同意することにした。たとえ冗談だとしても、王に知られたら……いや想像もしたくない。

顔が引き攣らないよう必死で抑える私をよそに、ユーリスが王に近づいていく。

そしていきなり地面に片膝をついた。騎士が正式な礼を取るような姿勢だ。

静かに上げた顔には、先程までのおどけた表情はない。

「アルフレッド王。この度は誠に失礼な態度を取り、申し訳ございません。深く反省すると共に、今後己の行いを改めます。そして、我が国の偉大なるアルフレッド王の活躍を祈り――」

「そこまでだ」

ユーリスの真剣な謝罪を、王が途中で遮る。

「ユーリス。お前は謝罪するのだけは、うまいな。――昔から」

「ええ、自分の得意分野だと思っています」

謝罪するのが得意。つまりはこんな謝罪をするようなことを、過去に何回も仕出かしてきたということだ。裏を返せば、懲りていないということなのだろうが。

「今後は勝手な行動は控えろ」

「はい」

ユーリスは真剣な表情のまま立ち上がると、王に頭を下げた。そして私を振り返り、笑顔を見せる。

「俺とマリの甘い逢瀬にアルが邪魔しにきたから、今回は帰る。またな！」

ユーリスは冗談を言って、いつもの調子を見せた。私に手を振ると、クルリと踵を返す。

数歩進んだところで、いきなりユーリスが足を止めて振り返った。

「あ、そうだ。忘れていた」

「マリ！　今度はもっと上手く抜け出そうな！」

そう叫ぶと、ユーリスは白い歯を見せて笑った後、足早に去って行った。

ユーリスのどこか楽しげな後ろ姿を見て、とうとう私の顔が引き攣った。

……やっぱりユーリスは懲りてない。

むしろ面白がってないか？　……返せ、私の唇。

街に下りた時のことは、私の中で王への禁句ともいえる出来事なのに、よく簡単に口に出来るものだ。

というより、これから王と二人きりになるという時に、その話はやめてくれ。

王がまた暴挙に走ったら、どう責任取ってくれるんだ。

恐る恐る隣に立つ王の顔色をうかがうと、王は腕を組んだまま、ユーリスの後ろ姿を見つめている。何を考えているかまったく読めない。

私も、しばらく黙っていることにする。

不意に、強い風が吹く。

風は私の頬をかすめ、王のマントを揺らす。

肌に感じる心地よさに目を閉じて浸っていると、王が沈黙を破った。

「ユーリスと何を話していた？」

「特に、なにも」

これは嘘ではない。だってユーリスと話をしたのは、ほんのわずかな時間だ。最後に爆弾発言だけ残していったけど。

「また抜け出すなど――」

「もう抜け出さない」

あんなに激怒されるのは、私だって二度とごめんだ。

「勝手には行かないわ、勝手には」

「……」

そう返事をする私を、王は目を細めて見ている。

いつも素直じゃない私が珍しい態度を取るものだから、本当かどうか怪しんでいるのかもしれない。

まったく、疑い深いったらありゃしない。それならば――

「だって、また連れて行ってくれるのでしょう？　――『アル』になって」

私は隣に立つ王の顔を見る。王は、驚いたように一度瞬(まばた)きをした後、口を開く。

「――ああ。お前がどうしても行きたいと言うのなら、考えておいてやろう」

そうして王は鼻で笑った後、いつもの意地の悪い笑みではなく、目を細めて微笑した。

初めて二人で過ごしたあの夜から、私は王のことを少しは理解出来るようになったのだろうか。

城で見せる『王』の顔と、街で見せた『アル』の顔。これから先も、この人のいろいろな顔を知ることが出来るのだろう。――側にいる限り。

そんな日々も、そう悪くはないのかもしれない。

自分自身の気持ちの変化に驚きながらも、私は王に向かって微笑み返した。

番外編　交換条件

初めて王と街に出てから、一カ月半が過ぎた。

暖かい昼時、私は窓辺に肘をついて空を眺めながら、ポツリと呟いた。

「また街に行きたい……」

イルミさんは、まぁまぁと言ってなだめるけれど、一度知った楽しみをまた味わいたいと思う気持ちは止められない。それに、今回はちゃんと目的があって言っているのだ。

どうしよう。街に行きたいって王にお願いしてもいいのだろうか。簡単に首を縦には振らない人だとは思うけれど、言うだけ言ってみよう。

そんなことを考えていたら、眠たくなってきた。

椅子に腰掛けてウトウトする私の耳に、隣室から扉を開く音が届く。続いて聞こえてくる足音で、瞬時に覚醒した。

「いるか」

これが、部屋に入っての開口一番の、王の言葉。

王の訪れは夜だけではない。昼に少しでも空いた時間があれば、こうやって訪ねてくるのだ。まさに神出鬼没。

　しかし今回は、絶好のタイミングだった。これはもう、お願いするなら今だという、神のお告げに違いない。

　私は迷わず扉へ駆け寄った。

「街に行きたいです」

「……いきなり何を言うかと思えば」

　入室してきた王に、即座にお願いしてみる。

「なぜだ」

　鋭く一言で切り込んでくる王に、一瞬たじろぐ。だがここが踏ん張りどころだ。

「ジャンさんが漬けたアルシュシュのジュースが、ちょうど飲み頃です」

「……ジャン？」

　王は不思議そうな声色を出し、聞き返す。

「あの時、あと一カ月で飲み頃になるからと言っていたので、また飲みに来てほしいと言っていました。あれから半月ほど日が経っています。もしジャンさんを待たせていたら、悪いし……」

「……」

　たっぷりの間があった後、王が低い声で言う。

「街へ行くのも、そう簡単なことではない」

　それは知っている。私の時間はいくらでもあるけど、王はそうじゃない。

忙しいのは十分承知している。だけど、私を街に連れて行けるのは王しかいないのだ。

やっぱりダメだったか……

王の反応を見て深いため息をつき、うなだれた。

そうだよね、急すぎるし、王だって忙しいだろうしな。

いつになるかわからないけど、次の機会を待つか。けどそれじゃあ、間に合わないんだよな……

私は頭の中で、この先どうするかグルグル考える。

「……そうだな、お前がどうしても、行きたいと言うのなら——」

突如、頭上から聞こえた声に、勢いよく顔を上げた。

「行きたいです」

逃がしてたまるか、このチャンス！

「……やけに素直だな」

ははははと乾いた笑いを見せる私を、王は怪しんで見ている。

「何か裏がありそうだな」

「そんなことありません。なぜそう疑うのですか？」

「お前が素直になることなど滅多にない。ということは、何かを企んでいるとしか考えられん」

「私をそんな目で見ていたなんて……傷つきます」

シレッとした態度を取るが、王は険しい表情を私に向ける。

「あいにく、人をそう簡単に信用してはならんと教えられているのでな」

「まあ！　何も企んでなんかいないですよ」

「……気持ちが悪いな」

「だ、誰が!?」

　まずい。つい、いつものような反応をしてしまった。ここで王の機嫌を損ねては、全てが無駄になる。ここは下手に下手に、だ。私はにっこり笑って首をかたむけた。

「街に行きたいです」

「……いいだろう。だが、交換条件がある」

「交換条件？」

「俺がわざわざお前の頼みを聞いてやるのだ。その代わり、お前は俺の条件を呑むと約束出来るか」

「そ、それは……」

　私は言葉に詰まる。王の交換条件は厳しそうだ。

「嫌ならやめてもいいのだぞ。俺は別に構わん」

「じょ、条件によります」

「ではまず、目の前で裸で踊れ」

「嫌です」

　なんて悪趣味な条件……！

　据わった目で見つめ、私は両手で王を押しのける。

すると王は声を出して笑い始めた。何がそんなにおかしいというのか、この根性悪王め！

「なぜ、今さら恥ずかしがるのか。お前の体など、もう全て――」

「わわわわわわ!!」

なんてことを言い出すんだ、このエロ王！

「なんだ、いきなり大声など出して」

「王が変なことを言うからです！」

ますます声をあげて笑う王を前にして、この人は最近、こんな風に声を出して笑うことが多くなったと感じる。もっとも、人を馬鹿にして鼻で笑う方が多いけれども。

笑いが収まった王が、改めて街に行きたい目的を尋ねてきたので、私は素直に口にした。

「欲しいものがあります」

そう、手に入れたいものがあるのだ。だから、難しいと知りつつ、王に頼んでいる。もちろん、楽しいから街に行きたいという理由もあるが、それは言わない。

「出入りの商人では事足りぬか」

後宮お抱えの商人達にお願いをすれば、すぐに持って来てくれると思う。だけど……

「今回ばかりは自分の目で選びたいのです」

私は強い意思を込めてそう告げる。赤い瞳と交差する、私の視線。

しばらくすると、王は静かに息を吐き出した。

「――日程はあとでイルミリアに伝える」

やった！　街に行けるんだ！　ガッツポーズをして、小躍りしたくなった。

王が退室しようとするので、私は王を見送るため一緒に扉へ向かった。私は普段見送りをしない。だけど今はとても気分がいいのだ。これぐらいはお安い御用だ。

ご機嫌で王と歩いていると、ふと頭上から視線を感じたので見上げた。

「……」

「どうしました？」

「いや……お前が素直だと、逆に恐ろしい」

それを聞いた途端、私の笑顔が凍り付いた。なんてことを言うのだ、この王は。

だいたい私が素直な態度を取らないのは、決して私だけの責任ではない。断じてないッ。

王は、自分の態度も関係しているのだと、どうして思わないのだろうか。

なんとか笑顔を保ってはいるが、こめかみ部分がピクリと動いたことに、王は気付いただろう。

「まあ、いい。交換条件のことも覚えておけよ」

やっぱり交換条件は必須なんだな、つい心の中で舌打ちをする。

「……今、舌打ちをしただろう？」

王が目を細め、鼻で笑う。本当に人のことをよく見ているな。

私は目をそらして誤魔化（ごまか）しながら、王を部屋の外へと見送った。

扉を閉めたあと、思わず笑みがこぼれる。

やった！　また街に行けるのだ。前回は急なことだったから、何の準備もしていなかったけれど、今回は違う。目いっぱい楽しもう。

いや、待てよ。その前にやらなければならないことがあるのだ。それをこなすことが先だ。

私は机に向かい椅子に座ると、引き出しからメモを取り出した。

限られた時間の中でいかに効率よく街を楽しみ、かつ目的を達成するのか――そのため必要な事項をメモに書き記す。買い漏れがあっては困るからだ。

その日の夜にイルミさんから、『外出は三日後だそうです』と告げられた。私は、つい手を叩いて喜んでしまった。

その日が待ち遠しくて、なかなか寝付けなかったほどだ。私は子供か。

だけどこれは王には言わない。

『子供並みなのは、身長だけではないようだな』

言ってしまえば、きっとこんな風に鼻で笑われるのが想像出来るからだ。

それからの二日間、私は浮かれながら街に行ける日を待っていた。


そして当日。早い時間に目の覚めた私は、顔を洗って支度をした。

クローゼットの中から、用意していた服を引っ張り出す。

それは、街の女性がよく着ていそうなグレーのワンピース。体をあまり締め付けないデザインで、動きやすい。そして白いエプロンをつけ、手には買い物用のバスケット。髪はひとつにまとめて横に流した。これでどこから見ても、買い物に来た街の女性に見えるはず。

実は前々から、いつかこんな機会もあるだろうと見込んで、この服を用意していたのだ。それがこんなに早い段階で使えるようになるなんて、読みが当たって嬉しい。

ワンピースの裾を持ち、クルリとその場で回れば、イルミさんが微笑んだ。

「とても可愛らしいですわ」

お世辞でも褒められると嬉しい。照れて赤くなっていると、扉が叩かれる。応対するため向かったイルミさんは、しばらくして戻って来た。

「アオイ様、もうすぐ出発のお時間だそうです。待ち合わせ場所へ行きましょう」

待ってましたー!!

私は急いで、鏡に映る自分の姿をチェックした。そうそう、バスケットも忘れずに。今日はこの中に私の全財産――下働き時代に貯めたお金が入っているのだから。

用意が終わると、イルミさんの後ろについていく。

後宮を出て、城の裏道と思われる場所を歩く。イルミさん、よくこんな道を知っているな、と感心してしまう。この道は割と複雑で一度では覚えられないだろう。もっとも覚えたところで、要所要所で兵士が立っているから、普段は自由に出歩くのは困難だろう。今回は王の許可があるので、この道を歩けているのだ。

「着きましたよ」

くねくね曲がった道を歩き、ようやく城の裏門までたどり着いた。そこには、すでに馬車が用意されている。王はまだ来ていないらしい。

歩いている間にほつれてしまった髪を、イルミさんが丁寧に直してくれた。そして私の全身を一通り確認する。

「これでいいですわ。今日は一日、楽しんできてくださいね」

「はい」

そう、今日は後宮のマリじゃなくて街娘（まちむすめ）マリなのだ。時間の許す限り、楽しみたい。

そう意気込んでいると――

「――待ったか」

聞き慣れた声がする方を向くと、そこにいるのは王だった。前回と同じくラフな服装をしている。側には笑顔のイマールさんもいた。

「いえ、今来たところです」

私が笑顔で答えると、王がなぜか私の全身を見回す。正直、気恥ずかしい。

「今日は『街娘のマリ』です。小動物ではありません」

時折、『小動物』呼ばわりをする王に、それとなく釘を刺す。王は私の言いたいことが通じたらしく、うなずいて見せた。

「ならば、俺は『流れの旅人アル』だ」

そうだ、ここから先は旅人と街娘になるのだ。呼び名も違えば、敬語も必要ない。

「では、呼んでみろ、俺の名前を」

「えっ」

練習しろということなのだろうか。けれど、今はこの場にイルミさんもイマールさんもいるのだ。聞いていない素振りをしている馬車の従者も、絶対聞いているでしょ！

「でも、それは……街についてからで、いいのでは？」

「どうだかな。お前はそそっかしいから、つい、いつものように呼ぶのではないか？」

王が鼻でフンと笑う。絶対、私をからかっている。その証拠に、ほら赤い瞳が意地悪そうに輝いている。口の端をクイッと上げちゃって、実に楽しそうだ。

「呼んでみろ」

「でも、だって……」

いきなり皆の前で王を愛称呼びだなんて、私だって緊張する。自然な流れで口にするならまだしも、この場で!?　皆の温かく、かつ生ぬるい視線がいたたまれない。変に意識して、もじもじしてうつむいてしまう。ちょっと、誰か一人くらい助けに入ってよ！

「王、お時間も限られていますので」

そう思っていると、すかさずフォローに回ってくれたのはイマールさん。さすが王の第一の側近、空気を読むのが得意だ。

「後はお二人で、馬車の中でたくさん練習なされば良いかと思います」

笑顔のイマールさんのフォローは、何の助けにもなっていない。

忘れていた、この人は王が第一。諫(いさ)めているようで、結局は王の肩を持つのだ。

「そうですわ、アオイ様。馬車の中でたくさん練習して下さいね」

イルミさんまで！　今回に限って私の味方がいないようだ。だが、ここで抵抗して王の機嫌が悪くなったら困る。私は、渋々ながらうなずいた。

王に手を取られて馬車に乗り込む。

乗り込んだ馬車の中は二人っきり。向かい合わせに座ると、距離が近く感じる。

今日の王は白いシャツ、黒のパンツに足元は編み上げブーツ。シンプルな服にしているけれど、全身から発せられる高貴な雰囲気は全て隠せない。

これでは街でも人目を引くわけだと、妙に納得する。じっと見つめていると、視線に気付いた王が口を開いた。

「何を見ている？」

「な、なんでもないです」

声をかけられた瞬間、王に見惚（みと）れていた自分が恥ずかしくなって、サッと視線をそらす。

きっと私の頬は赤くなっているだろう。それを隠すかのように窓へと視線を投げた。

やがて街の一角へと馬車がたどり着く。王が先に降りて、私に無言で手を出してくれた。

躊躇（ちゅうちょ）しながらもその手を取る。触れた手は硬く、まさに男の人の手だ。ドキリとしつつも、私は笑顔を作る。

「行きましょう……アル」

私が王の名を呼ぶと、返事の代わりのように硬い手でギュッと握りしめてきた。

馬車に乗り込んでから、嫌というほど愛称呼びを練習させられたので、失敗しないはずだ。これも全て、イマールさんの提案のせいだ。いつかお返しをするからね、イマールさんめ。

王に直接言うと怖いので、半ば八つ当たりでイマールさんへの文句を呟（つぶや）く。

久しぶりに来た街は相変わらず活気にあふれていた。人もごった返している。いつも静かな後宮にいるので、急にたくさんの人に囲まれると、人に酔ってしまいそうだ。だけど、それすらも楽しいと思える。

「お前はどこに行きたい？」

「まずは……雑貨屋さん！」

王は静かにうなずき、雑貨屋へ案内してくれた。

連れてこられたのは小さな店で、店先には可愛らしい小物が所狭しと並べられていた。

髪をまとめるバレッタやビーズの髪飾り、首元を彩（いろど）るチョーカーやネックレスなど、装飾品から小物を入れる宝石箱までそろっていた。後宮に出入りする装飾品を扱う店とは違い、とても手ごろな値段だ。これなら私の所持金でも購入出来る。

一つ一つを手に持ちじっくり選んでいると、隣に立つ王の視線を感じた。そうだ、王がこんな可愛らしい小物に興味があるわけがない。買い物に付き合わされるなんて、きっとつまらないだろう。それに気付き、若干焦った私は、顔を上げて王を見る。

すると、王が静かに声をかけてきた。

「別にいい。じっくり選べ」

私は思わず何回も瞬(まばた)きをしてしまった。こんな風に優しい言葉をかけられたら、どう反応を返せばいいのかわからない。

いつもの意地悪な言い方なら皮肉で返せるのだけど、優しくされるとどうしても戸惑ってしまうのだ。私も大概ひねくれているのかもしれない。

その後は王の言葉通り、じっくり時間をかけて店先の品物を見ていた。最終的に、髪をまとめるバレッタを購入しようと決めた。木で出来たシンプルなデザインだが、使いやすそうだ。

「これを下さい」

店主に品物を差し出し、ポーチから硬貨を取り出そうとすると、横からさっと手が出てきた。

「え……」

見れば王が店主に硬貨を渡している。

「これは私が払うわ」

私の訴えを横目で見ただけで却下する王。

店主にお金を渡した後、王は一歩下がった場所で、品物を受け取る私を待つ。店主が簡単な包装をしてくれた品物を受け取り、壊さないよう慎重にバスケットへとしまう。

「待たせてしまって、ごめんなさい」

「いや。女の買い物は長いと決まっている」

さらりと言った王の発言に、私は目を見開いた。

もしかして、他の女性も街へ連れて来たことがあるのだろうか。今のように、城を抜け出して？

「よく誰かと来るの？」

それは誰と？　という言葉も口から出そうになったが、それは呑み込む。

王はしばらく何か考える風に目を瞬かせた。

私は我に返る。なぜ私はこんなことを聞いているのだろう。それは私が気にすることではないと、今さらながら気付く。

焦る私の頭上から、静かな声が降る。

「いや」

「……そっか」

首を横に振る王を見て、少しホッとした。それはなぜだろう。それが不思議で、自分のことなのにモヤモヤする。けれど、今はせっかく街に来ているのだ。楽しむのが優先だと思い、考えるのをやめた。

「次に行きましょう！」

気を取り直すように声をあげる私を見て、王が歩き出す。

私は、ケリがついていない先程の出来事について、王に伝える。

「お金、受け取って」

「……」

無言で拒否していることを伝える王。その威圧感に怯むけれど、ここで負けるわけにはいかないのだ。

「これは私が払いたいの」

そう言い張り、無理矢理王の手に硬貨を握らせた。

「じゃあ、次はヒター粉が欲しい」

硬貨を返されないために、私は話題を変えた。

すると、王はしばらく無言になる。何かを考えているようだ。

ヒター粉とはこの世界で、焼き菓子などを作る際に使われる、いわば小麦粉みたいなものだ。もしかして、この街に粉を扱う店はないのだろうか。でも、こんなに大きな街だもの。そんなわけはないだろう。

それとも、私を連れて行きたくない理由でもあるの？

私は王の返事を辛抱強く待つ。

やがて王は、私に背を向けて歩きだした。どうやら粉屋に連れて行ってくれるみたいだ。

私は王の気が変わらないうちにと、慌ててその背を追いかけた。


王は、街の一角にある、食品を扱うお店に連れて行ってくれた。私を案内した後、王は店から少し離れた木に寄りかかり、腕を組んで待っている。

店には数人の店員がいて、粉を量って袋に詰めている人もいれば、客と話し込んでいる人もいて、様々だ。ここでざっと見ても、どこにお目当ての粉があるかなんてわからない。てっとり早く聞くのが良いと思い、私は一番近くにいた女性に声をかけた。

「すみません」

「はいよ！　いらっしゃい！」

元気よく声を返してくれたのは、四十代ぐらいの恰幅のよいおかみさんだった。

「ヒター粉が欲しいのですが」

「ああ、あるよ。どのぐらい欲しいんだい？」

「シュクルの焼き菓子を三十個ほど焼きたいのですが、粉はどのぐらい必要ですか？」

シュクルの焼き菓子とは、この国では一般的な焼き菓子で、お茶の時間に手軽に作って食べられているおやつだ。

「それならヒター粉、四百グラムほどでいいね」

「じゃあ、五百グラム下さい」

この国の重さの単位は「グラム」だ。異世界出身の私でも分かりやすくて、とても助かる。

失敗した時のことを考えて、少し多めに購入することにした。

「そうかい。じゃあ、あっちで量るから――」

ふと顔を上げたおかみさんが、何かに気付いた様子を見せ、声をあげた。

「アル？　そこにいるのは、アルじゃないか！」

アル？

おかみさんの視線の先を追えば、そこにいたのは腕を組んで立つ王だった。

「あんた、来たなら声ぐらいかけなよ！　水くさいじゃないか」

おかみさんは王へ近づく。

「久しぶりだね、元気だったかい？　うちの息子が『アルに会った』なんて言うからさ、私も会いたいと思ってたんだよ。まったく、たまには元気な顔を見せておくれよ！　あんたときちゃ、いつも気ままな風来坊（ふうらいぼう）で、ふらっと顔を出したと思えば、何カ月も顔を見せないことがザラにあるんだからさ！」

おかみさんの勢いは止まらない。

「それで今は時間があるのかい？　ゆっくりしていきな。この街に戻ってくるのも久々なんだろ？」

すごい、王の放つ威圧感に負けないおかみさんパワー。そして、あの王の返答を待たずの矢継（やつ）ぎ早（ばや）の質問。まさにマシンガントークだ。

目を丸くして二人を見ている私に、おかみさんが気付く。

「あら、いやだね、私ったら。お客さんを放ったらかして！　懐かしい顔に会っちまったから、つい興奮してしまってさ。お嬢さん、ごめんよ」

「いえ、大丈夫です」

思わず王に視線を送ると、おかみさんは私と王の顔を交互に見つめた。

「あれ、もしかして、お嬢さんはアルの連れかい？」

「ええ、そうです」

「嫌だねぇ、そうならそうと、早く言っておくれよ！　アル、あんたいつの間にお嫁さんをもらったんだい？」

そ、それは早合点しすぎです！　動揺する私を見たおかみさんは、さらに続ける。

「ああ、お嫁さんはまだ早いのかね。じゃあ恋人ってとこかい？」

そう言いながら、おかみさんは王の胸板を肘でグリグリとついている。王は無表情のままだけど、反論も抵抗もしない。完全におかみさんのペースだ。

「小動物みたいな、愛玩動物といったところだな」

「それは可愛くてたまらない、ってことだね？」

「……」

おかみさんのツッコミに、王は無言を貫く。私が驚いたのは、王がおかみさんの言葉を否定しなかったことだ。

そもそも、この女性はいったい誰なんだろう。王にも気後れすることなく話しかけるし、王もそれを自然に受け止めている。それに、私も初めて顔を合わせたのではない、不思議な感覚がする。もしかして以前、どこかで会ったことがあるのだろうか。

「ああ、お嬢さん、挨拶が遅れてごめんよ」

おかみさんが私に向き直る。

「私は、この店で食料品――主に粉ものを売っている、おかみのドーナだよ。ついでに言うと、この街の裏通りにある酒場の店主、ジャンの母親さ」

「ジャンさんの？」

「ああ、あんたも会ったことがあるかい？　あれがうちの愚息さ」

そう言われてみれば、笑うと目尻が下がるところや、人懐っこい笑顔がよく似ている。どこかで会ったような気がしたのも、親子だからか。きっと、ジャンさんは母親似なんだろう。

「初めまして、マリです」

私も挨拶をして頭を下げた。

「こちらこそよろしく。ああ、お嬢さんはビター粉がいるんだよね？」

「はい」

「あとシュクルの焼き菓子なら、ナッツを入れるのが一押しだよ」

「ナッツですか？」

「ああ、香ばしいナッツを数種類混ぜて焼くと、食べた時にサクッとして美味いんだ！」

私はおかみさんに連れられて、店内に歩を進めた。

「ああ、アル！　そこで立っているのなら、うちの愚息のとこで待ってなよ。まだ店は開いていないから、きっと二階で寝ているさ。たまには太陽を浴びないと体に悪いから、叩き起こしてやっておくれ！」

おかみさんが王に向かってそう叫んだ。

確かに、ここで私の買い物に付き合っているよりも、ジャンさんのところで時間をつぶしている方が王にとってもいいだろう。

しかし、一向に動こうとしない王に向かって、おかみさんが豪快に笑う。

「安心しな。このお嬢さんは後からちゃんと送り届けるからさ」

「必ず行くから、先に待ってて！」

そう言うと、ようやく王は背中を向けて歩き出した。

「やっと行ったね。よほどあんたと離れたくないんだろうよ」

「いえ、そんなことはないと思いますよ」

ただ、目を離すとすぐに勝手な行動をするから、不安なのだろう。言葉には出さないだけで
「いや、きっとそうだよ。だいたい男は寂しがり屋なもんさ。言葉には出さないだけで」

「そうなのでしょうか……」

王に限ってそれはないと思い、私は笑ってしまった。

「さて、アルも心配そうにしていたし、早く行ってやった方がいいね。さっさと用意するかい」

おかみさんは袖をまくり上げて、粉を計量し始めた。そして、手際よく大袋から小袋へと移していく。

「さて、あとはナッツだね。さっきも言ったけど、数種類のナッツを混ぜると美味しいよ」

「実は私、焼き菓子を作るのは初めてなんです。だから上手く出来るのか、ちょっと不安で……」

「そうなのかい！　まぁ、材料を混ぜて焼くだけだから、あまり失敗しないと思うよ。心配ならコツを教えてあげようかね」

「ぜひ、お願いします！」

料理は元の世界で結構していたけれど、この世界でしたことはなかった。

だけど焼き菓子だったら、材料さえ手に入れれば比較的簡単に作ることが出来るんじゃないかな、

と思っていた。

考えが甘かったかな？　そう思っていると、おかみさんに質問された。

「アルにあげるんだろ？」

「えっと……」

それはちょっと違うのだけど……うん、買い物に付き合ってくれたし、出来次第ではあげてもいいかもしれない。

「そうですね、うまく出来たら」

「ぜひ頑張って焼いておくれよ」

そう言っておかみさんは、焼き菓子を作るのに必要な材料を全部そろえてくれた。

私は手を動かすおかみさんを見ながら、世間話を始める。

「おかみさんは、ここに店を構えて長いんですか？」

「私かい？　そうだね、十年前に店を構えてからずっとだね」

「そうなのですか」

「ここ数年で、本当に商売がしやすくなったよ。この街は流通がよくてね。ほら、城も近いだろ」

「そ、そうですね」

おかみさんから城という言葉が出てきたので、一瞬ドキッとしてしまう。だけどそれを気取られないよう、努めて冷静に返事をした。

「だからこそ、華やかな街の裏側には悪い奴らが集まってくるんだ。店を構えてすぐの時は、街のゴロツキ共に、『場所代を払え』と言われてね。それこそ払わないと嫌がらせをされたもんだよ。他の店も、高い場所代を何年も渋々払っていたんだ。それがある時、そのゴロツキ共が一掃されたんだよ。代わりに城からお偉方が派遣されてきて、管理してくれるようになったんだ。次第に、ここは商売をしたい人達が集まってくるようになった。その結果、多くの店が立ち並ぶ街になったってわけさ」

「そうなのですか」

「ああ。だからこんなに栄えているのさ」

私は次に疑問に思っていたことを、おかみさんにぶつけてみた。

「あの……アルとは長い付き合いなのですか？」

「そうだね……この街が徐々にいい方向へ変わり始めた頃からの付き合いだから、もう七、八年になるかね」

私はそれを聞き、すごく納得した。

街の裏事情を把握して、そこから今の形になるよう力を尽くしたのは、きっと彼なのだ。

以前街に出た時に聞いた、王の言葉が頭の中でよみがえる。

『俺はこの街が気に入っている』

だから彼は、この街を守っているのだろう。だけど、それをわざわざ人にひけらかさない。もっとも彼に聞いたところで、王だから当たり前だと言われそうだけど。

なんてわかりにくい人なのだろう。そんな王を真に理解出来る人は、果たしてどれくらいいるのだろうか。

「出会った頃のアルは、今より喧嘩っ早くてね」

「そうなのですか？」

「ああ。年齢の割に大人びた雰囲気をしていたし、何よりあの顔立ちだろう？　街の女性達が騒いでね。それを面白く思わない男達によく喧嘩をふっかけられては、相手を負かしていたんだ。ま、今じゃ、そんなこともなくなったがね」

「それは、モテない男性の妬みですね」

　人目に付くからという理由で喧嘩を売られていては、たまったものではない。そこは王に少し同情する。

「まったく、その通りだよ。で、アルに毎回喧嘩を売ってコテンパンにやられたのが、うちの愚息ってわけさ」

「あ……」

　私は先程の自分の発言を思い出す。少々気まずい。そんな私を見て、おかみさんはガハガハと豪快に笑った。

「別に気にしなくていいよ。愚息は愚息だからね。今じゃあの通り、仲良しだろう？　アルも忙しいらしいからあんまり会えないみたいだけど、会えた日には、うちの息子も嬉しそうにしているんだ。数カ月も顔を見ていない時は、あいつは元気なのかと、心配している時もあるよ」

「そうなのですか」

「初対面で嫌な奴だと思っても、深く付き合ってみれば意外に気が合うってこともあるからね。人との付き合いや、かかわりってそんなもんさ」

おかみさんの言葉が、深く心に突き刺さる。最初は嫌いに思えても、今は——

「さあ、ヒター粉にナッツ。あとは上質なバターと産みたてタメルの卵に、甘味のトールト。材料はこれで揃ったよ！」

「全部頂きます」

「まいどあり！」

私はポーチから硬貨を取り出して、おかみさんに払った。

「あとは、この粉屋のおかみの特製、焼き菓子作りの秘蔵レシピを教えなきゃね」

「ありがとうございます」

「そうだね……せっかくだから、お嬢さんを息子の店に送ってから、秘蔵レシピを教えようかね。ジャンの顔もついでに見とくかい。よし、ちょっと店番を頼んでくるよ」

そう言うと、おかみさんは店の奥に向かって声をかける。

「あんた、ちょっとジャンの店に顔を出してくるから、店番は任せたよ」

すると店の奥から、人の良さそうな細身のおじさんが顔を出し、笑顔で手を振ってくれた。

「あれがうちの旦那さ」

私は優しげな笑みを浮かべるジャンさんのお父さんに頭を下げると、おかみさんの後をついて行った。

人で賑わう街並みを、おかみさんに案内されながら並んで歩く。おかみさんは顔が広く、歩いているだけで何人もの人に声をかけられた。

そうして街の路地裏までたどり着く。おかみさんはジャンさんの酒場を目指してずんずんと進んだ。

やがて酒場の看板が目に入った。まだ早い時間なので店は閉まっている。おかみさんは正面の扉をドンドン叩いた。しばらくすると、勢いよく扉が開かれる。

「なんだよ、かあちゃん！　そんなに乱暴だと扉が壊れちまうって」

「これぐらいで壊れる、やわな扉はないよ！」

ジャンさんとおかみさんが並ぶと、なるほど、やっぱり似ている。

「アルはいるかい？」

「ああ、店にいるよ」

ジャンさんは私に顔を向けると、にっこりと笑った。

「久しぶり！　よく来てくれたな」

「こんにちは」

「まだ店は開けてないんだが、中に入ってくれ」

案内されて入れば、一度来ただけなのに、すごく懐かしいと思ってしまった。

木のカウンターでは、王がスツールに腰を掛けている。

「お、お待たせ」

「用事は済んだか」

「ええ。欲しい物は全て手に入ったわ。あとはおかみさんに教えてもらうだけ」

そう伝えると王が少し首をかしげた。そこでおかみさんが説明してくれた。

「この子はね、シュクルの焼き菓子を作りたいんだって。上手く作れるようにレシピを今から伝授するのさ。だからアルも、少し時間をおくれよ」

「焼き菓子？」

「そうそう。お嬢さんが、アルのために愛を込めて作ってくれるのかもしれないよー？」

いや、それは違いますとこの場で言えない。ここは笑って誤魔化すのみだ。

「おっ！　いいな、焼き菓子か」

というジャンさんの呑気な声が聞こえると――

「羨ましいなら、あんたもアルを見習って、彼女の一人でも連れてきな！」

「そう簡単にいくなら、苦労はしないってばよ！」

「だいたい、あんたは見た目も器量もいまいちなんだから、心で捕まえなきゃダメだろ！」

「俺、母ちゃんにそっくりだって言われるんだけど！　それを言うか!?」

ぎゃあぎゃあと言いあう親子二人。

ちらりと王に視線を向ければ、「いつもこんな感じだ」と言う。きっとこれが親子の愛情表現なのだろう。

「楽しんだか」

「うん。おかみさんが案内しながら歩いてくれた」

「そうか」

いつの間にか、私達はごく自然に会話をしていた。王であることも、すっかり忘れて接している。

ひとしきり言い合って満足したのか、おかみさんが私に声をかける。

「じゃあ、美味(おい)しくなるレシピを伝授するからね」

「はい」

店の隅の椅子に座ると、私はメモとペンをバスケットから取り出した。すると、ジャンさんがすかさず近づいてくる。

「これ、前に言ってたアルシュシュのジュース。今がちょうど飲み頃だ」

「わぁ。嬉しいです」

ジャンさんが差し出してくれたのは、薄紫色のジュース。甘酸(あまず)っぱくてくせになる美味しさで、ジャンさんが作っているという。次に来た時に、このジュースを飲ませてくれると言ったことをちゃんと覚えていてくれて、素直に嬉しい。

私はジャンさんに笑顔でお礼を言い、おかみさんから聞いた美味しく作れるコツをメモに書き記(しる)した。

「さあ、これで私が教えられるコツの全てだよ」

「ありがとうございました」

私は深々と頭を下げた。本当に、おかみさんには何から何までお世話になった。

メモをバスケットにしまい、カウンターの方を見る。

王とジャンさんは積もる話があるのか、肩を並べて話し込んでいた。

時折聞こえるジャンさんの笑い声に顔を上げれば、王も微笑している。主に響くのはジャンさんの声で、王は聞き役に回っていた。城では見ることの出来ないその姿に、私は目を奪われる。

「仲がいいだろう？」

おかみさんの言葉に、私は素直にうなずいた。

「ほら、うちの馬鹿息子、あんなにはしゃいじゃって」

呆れたように言うけれど、おかみさんも嬉しそうだ。それに王だって、顔には出てないが、絶対楽しいと思っているはず。

「最初の頃のアルはね、人を寄せ付けないオーラを放っていたんだよ。だが、うちの息子は、ほら、あの通り空気を読めない奴だろう？　コテンパンに負けたのがきっかけで、アルを尊敬し始めたらしいんだ。どことなく距離を取りたがるアルのことなどお構いなしに、グイグイ距離を詰めていってね。今じゃ、あの仲さ」

おかみさんの目線に釣られて顔を向ければ、ジャンさんが王の肩を抱いていた。王も、まんざらでもなさそうな顔をしている。「男に触れられるのは好きではない」と言いながら、その手を払いのけたけど、きっと照れ隠しもあるのだろう。

どこか微笑ましい思いで二人を見ていると、急に手を取られた。驚いてその先を見ると、真剣な表情をしたおかみさんがいた。

「だからね、お嬢さん。あんたにお願いがあるんだ」

力強くギュッと手を握られて驚く私に、おかみさんは真剣な眼差しを向ける。

「おかみさん……？」

「今日のアルは、以前より柔らかい目をしていた。今まで、誰かと連れ立って街に来たことなんてなかったんだ。……ずっとアルの側にいてやって欲しい。私はそう願うよ」

瞬(まばた)きを繰り返す私を見つめ、おかみさんはさらに声のトーンを落として続ける。

「——あの孤高の王を側で支えてやっておくれ」

その瞬間、私は目を見開いた。

おかみさんは静かに笑って言う。

「大丈夫、誰も気付いちゃいないよ。私は毎年、王がバルコニーに顔を出す生誕祭を最前列で見ているから気付いただけでね。あんなお綺麗な顔、そうそういるもんか」

「……」

こんな時、上手く誤魔化(ごまか)せればいいのだろうけど、口が達者でない私にはそれが難しい。

「だけど、私が気付いていることは内緒だよ。あの子はあの子で重いものを抱えている。だから、たまにはこうやって羽目を外せる場を作っておいてあげたいんだ。息子と同じ歳なのに、背負っているものが違うなんて……うちの馬鹿息子とはえらい違いだよ」

「おかみさん……」

おかみさんは、『流れの旅人アル』が王だと知った上で心配をしてくれている。

何とも言えない温かい気持ちに、胸が詰まる。

私が手を握られていることに気付いたジャンさんが、カウンターから声をかけてきた。

「母ちゃん、何しゃべってるんだよ」

「うるさいね、女同士いろいろあるんだよ。あんたもアルを見習って、彼女の一人でも連れてきな！」

「まだ言うか!?　それが出来れば苦労しねえよ！」

相変わらずの掛け合いに笑みを浮かべると、王と目が合った。すると彼は、外を示すように視線を少し上げる。

そろそろ時間切れだということを言いたいのだろう。楽しいからもっといたいけれど、そうもいかない。私はうなずいた。

「今度来る時は、もっと長居してけよな。それこそ二人で泊まって行け！」

「じゃあね、アルとお嬢さん。焼き菓子、頑張って作るんだよ！」

名残（なごり）惜しそうな顔を見せるジャンさんとおかみさんに礼を言い、私達は酒場を後にした。


そして私と王は、あらかじめ指定していた馬車が待つ場所を目指す。

短い時間だったけれど、楽しい時間を過ごせて心も満たされた。

帰りの足取りもすごく軽くなる。

「今日はありがとう」

普段なら口にするのに勇気がいることでも、楽しい気分の時は口にしやすい。

私の言葉を聞いて、王は足をピタリと止めた。私に向ける表情は真剣そのものだ。

「街は楽しいか？」

「ええ、すごく楽しい」

私は感じたままを正直に答える。

「――出たいか？　後宮から」

思わぬことを聞かれて、私は驚いた。ゆっくりと王に視線を向け、その赤く輝く瞳を見つめる。

突風が吹き、私の髪がなびいた。

私が出たいと答えたら、あなたはなんて答えてくれるの？

出してくれるの？　望むようにしてくれるの？

王の真意がわからず、戸惑ってしまう。真剣な表情で私を見つめる王は、何を考えているのだろう。

たっぷりの沈黙の後、王が先に口を開いた。

「どう答えようが、出られることはないがな」

…………

じゃあ、聞くなよ!!

思わず叫びそうになったが、すんでのところで堪える。だけど表情には出ていたのだろう、王が口の端を上げ、意地悪そうに鼻で笑う。

結局、王にからかわれただけか。

だけどさっき感じた真剣な空気――あれは嘘じゃない。あの時、私が後宮から出たいと王に即答したら、いったいどうなっていたのだろう。私は後宮から出て、この街で暮らせた？

けれど、もし仮に、私が後宮からいなくなったとしたら、誰があなたの側にいてくれる――？

ふと、先程のおかみさんの言葉が耳によみがえる。

『あの孤高の王を側で支えてやっておくれ』

いつか、後宮から出たいと思っていた。それは今も変わらない。だけど今はそのことを考えると、なぜかおかみさんに手を握られた感触がよみがえり、戸惑ってしまう。

見上げれば、そこに王がいる。印象的な赤い瞳、誰もが見惚れる美貌の持ち主。地位も名誉も持ち合わせた孤高の王は、人を寄せ付けない空気を持つ。

だが近寄りにくいとは、私もよく言われた。なんでも自分でやろうとして、人を頼ることを知らないと。でも、それは周囲に甘えられる人がいなかったから、そうするしかなかった。もしかしたら、この人も私と同じ孤独を抱えているのかもしれない。

馬車に乗り込んだ私達は、座席に座り、一息ついた。人混みで疲れていたらしく、急に眠気が襲ってきたのだ。昨夜は興奮してなかなか寝付けなかったし、今朝だって早く目が覚めてしまったし。

目の前に座る王も疲れているのか、どことなく口数が少ない。

私は窓の外を見ながら何気なく呟いた。

「いいな、ジャンさんは」

私の呟きを拾った王が、片眉を上げた。

「豪快なおかみさんに、優しそうなお父さん。きっと賑やかで温かい家庭に育ったのね」

おかみさんと言い合いをするジャンさんは、大人なんだけど、どこか子供っぽかった。おかみさんから見れば、いくつになっても可愛い息子なのだとわかる、微笑ましい光景だと感じた。

「だからジャンさんも、あんなに気性が真っ直ぐなんだわ」

そう、温かな家庭に育ったから。母がいて父がいる。それは当たり前のように思えて、決して当たり前ではない。ジャンさんは、あのご両親から愛情いっぱいに注がれて育ったのだろう。

「もしやお前が街に来たがった理由は……ジャンか」

目の前に座る王が、頬杖をついた姿勢で口を開いた。

その言葉の意味がわからず、私は瞬きを繰り返した。王が目を細め、私の真意を探るような表情を見せる。微妙に空気が張り詰めているのはなぜだろうか。

しばらくして王の質問の意図がわかった私は、思わず噴き出しそうになった。

「違うわ」

私はジャンさんに会いたくて街に行ったわけじゃない。

そうだ。私の願いを聞き入れて、街まで連れて来てくれたのは王だ。その王に、私が街に来たかった理由を告げないのは失礼なのではないかということに気付く。

「イルミさんが、もうすぐ誕生日なの」

今回、イルミさんの誕生祝いをしたくて、買い出しにきたのだ。

「いつもお世話になっているから、日頃のお礼も兼ねて、お祝いをしたかったの。自分でいろいろなものを選びたかったから、街に連れて行ってほしくて」

私はバスケットを持ち上げて、中身をチラリと見せた。贈り物にするバレッタ。シュクルの焼き菓子を作るための材料。それにおかみさん直伝のレシピ。これだけ揃えば十分おもてなしが出来る。

王は頬杖をついたまま視線だけを私に投げる。

私は説明を終えるとバスケットをしまい、倒れないように慎重に足元に置いた。最初からちゃんと話しておくべきだったのかもしれないと、今さらながら反省する。

そして再び、馬車の中に静かな時間が流れ始めた。

城が近くなり、そろそろ日常へ戻る時間だ。私の言葉遣いも、いつものように敬語へと戻さなくてはいけない。でも、その前に——

窓から見える景色を眺めているとなんとなく話をしたくなった私は、口を開いた。

「私ね、兄弟姉妹はいないの」

いきなり自分の家族のことを口にした私を、王はどう思うだろう。だけど本当に今、話したくなったのだ。きっとジャンさんの家族を見て、触発されたのだと思う。——温かな家族が羨ましいと。

「母と私の二人で暮らしていた。父はいたけど、いないようなものだったわ」

その母も私に構っている時間より、自分のことを優先していた。同じ家に住んでいたが、距離があった。

それが当たり前だと思っていたある日、友人から家族の話を聞いて、すごく驚いた。家族と毎晩ご飯を一緒に食べ、年に一度は旅行に行く。それがまるで別世界の話のようで、最初はとても信じられなかった。でも、成長するにつれて、自分の家庭の方が歪んでいることに気付いたのだ。

「……お前から自分のことを話すのは初めてだな」

「そうかもしれません」

私は自分でも不思議な気持ちになりながら、少しだけ笑った。

「王は……？」

踏み込んだ質問に、王は答えてくれるのかしら。

「俺の母は幼い頃亡くなり、父もすでに亡くなっている。兄弟はいない」

「……そう」

確かに『兄弟がいない』と噂で耳にしたことがあったけれど、王本人の口から直接聞いたのは初めてだ。理由までは知らないけれど、隠さずに教えてくれたことで、私は彼との距離が縮まったように感じた。

「私達、ちょっと似ていますね……」

こんなことを言ったら失礼かなと思いつつも、小さく呟(つぶや)いた。

「だからイルミさんのこと、この世界の私のお姉さんみたいな存在だって、勝手に思ってます」

イルミさんが聞いたら迷惑だと思うかもしれないので、このことは内緒だ。いつも優しく、けれども私が間違ったことをした時には叱ってくれる彼女に、とても感謝している。イルミさんが本当のお姉さんだったら良かったのにと、何度思ったことだろうか。

「イルミさんがいるから後宮(あそこ)での生活も、前よりは楽しいって思えるんです」

これが今の私に言える、先程の王の質問への答えだ。

後宮から出たくないわけじゃない。けど今は、少し思い悩んでいる。それはイルミさんのこともあるけれど、王のことも――

だが、最後の台詞(セリフ)は言葉にせずに、心にしまう。

「使用人への贈り物に俺を連れ回すのは、お前ぐらいだな」

王はそう言って鼻で笑うけれど、穏やかな表情をしているので、そこまで嫌ではないんじゃないだろうか。きっと私の気のせいではない。

「そこで、お願いがあるのですが」

「またか」

度重なる私のお願いに、王が少々呆れたような声を出した。だけど気にしない。

「イルミさんに内緒で焼き菓子を作りたいので、当日、イルミさんを私から離してもらえませんか？」

そう、彼女への誕生日サプライズ。ここまできたなら、誕生日まで徹底的に秘密にして驚かせたい。それには王の力が必要なのだ。

「高くつくぞ」

やっぱりそうきたか。

街に連れて来てもらった交換条件のこともあるし、私に何をして欲しいのだろう。尋ねても答えてくれなさそうな感じだ。

けど、いいや。もう開き直るしかないと、腹をくくる。

「全てが上手くいったら、条件を呑みます」

「ああ、忘れるなよ」

「忘れません」

そして城の裏門にたどり着き、イマールさんとイルミさんに出迎えられた。

イルミさんに案内され、部屋に入ると、街娘（まちむすめ）の服を脱ぎ捨て、後宮で着ているドレスに着替える。

楽しい時間はあっという間だった。

イルミさんの誕生日は来週。焼き菓子が上手く焼けますようにと、祈りながら日々を過ごした。


そして迎えた、イルミさんの誕生日の当日。

「申し訳ございません、別件の用事が出来ましたので、半日ほど、代わりの者がつきます」

朝一番に部屋に入ってきたイルミさんは、そう言った。

「そうですか……イルミさんがいないのは寂しいですけど、お仕事だから仕方ないですよね」

そう言って彼女と一旦別れた。

よし、作戦決行だぁ！　と意気込んでいると、代わりの侍女がやってきた。彼女は事情を把握しているので、目的地まで案内してもらった。

しばらく歩いて着いた先は、綺麗に整理整頓されている調理場だった。ここは選ばれし調理人が王族のために調理する場所らしい。

「この場所を使用していいという許可が下りています」

私は、侍女が静かに見守る中、バスケットから先日購入した材料を全て取り出した。

この日のために、おかみさんからもらったレシピを暗記するまで確認したのだ。

『粉は混ぜすぎず、サクッと混ぜ合わせること！』

『ナッツは数種類まぜて適量に。多すぎると食感が悪くなるよ』

作りながらおかみさんの声を思い出して、つい笑ってしまう。

しかし、実際に作業をしてみると、思ったほどうまくいかない。やはりいきなりのお菓子作りは私にはハードルが高かったようだ。粉をこぼしてしまったり、かき混ぜるとダマになったりして、なかなか進まない。

こんなことなら、一度一緒に作らせてもらえば良かったと嘆いた。

だけど、ここまできたらそんなことを言っても仕方がない。なんとか美味（おい）しくなりますようにと願いを込めて、黙々と生地をこねる。形を整えた後、焼き窯（がま）の使い方を侍女に教えてもらいながら、なんとか生地を窯に入れる。ようやくホッと一息ついた。椅子に腰かけ、私は焼きあがるのを待つ。

朝から始めたのだが、すでに今は昼。集中していたので、やけに時間が早く過ぎたと感じる。

そしてしばらくすると、お菓子の焼けてきた甘い香りが調理場に漂（ただよ）ってきた。

うまく焼けるのだろうか、焦げたらどうしようかと心配になって、焼き窯の前をウロウロしてしまう。

やがておかみさんのレシピ通りの時間になり、私は焼き菓子ののった台を窯から取り出した。

見た目にはふっくらとした焼き上がりに、ツヤもある。何よりいい匂い。これは大成功ってやつじゃないか？　もしそうなら私はお菓子作りの才能があるんじゃない？

私は期待に胸を膨らませながら、窯から取り出した焼き菓子の台を冷まし、粗熱を取る。

その中の一つを手に取り、まだ熱いそれに息を吹きかけ、半分をパクリと口に入れた。咀嚼すること数回。

「なんとも素朴な味わい……」

残りの半分も口に入れて、味を確かめる。

甘さが足りないかな……。ああ、でもナッツがいい食感を出している。これは入れて正解だ。

食べ終えた感想は、とにかく甘さが足りない、だ。

味見をする前に、お菓子作りの才能があるかもと、調子にのった自分を恥じる。

どうしよう、何を間違えてしまったのだろうか？

そう思っておかみさんのレシピを見る。

「ヒター粉四百グラムに対して、甘味のトールト百グラム……」

あれ？　私は何かあったらいけないと、ヒター粉は多めに五百グラムを購入した。それに対して入れたトールトは百グラムだ。

その事実に今さら気付き、私はガクッと肩を落とした。そりゃ甘さが足りないはずだ。特に、甘い物が好きなイルミさんは物足りなく感じるだろう。材料があるならもう一度チャレンジしたいけれど、それも出来ない。

ああ、せっかく頑張ったのになぁ。

残念な気持ちで、私は再度焼き菓子へと手を伸ばす。形は悪くない。まじまじと確認したあと、口に含んだ。

あまり甘さはないけれど、素朴な味わいが感じられるってことで、まあ食べられなくもない……よね？　大丈夫だよ……ね？

これも手作りならではの味わいだ。そう自分自身に言い聞かせながら、私は粗熱が取れた焼き菓子をラッピングした。

調理場を片付けて部屋に戻る途中、立ち寄りたい場所があると侍女に告げる。快く承諾してくれた侍女に、その場所まで案内を頼んだ。

扉の前で私は深呼吸をした後、三回ノックをする。すると、中から声が聞こえた。

そういえば、自分から訪ねるのって初めてかもしれない。私は若干緊張しながら重い扉を開く。

その先にいた人物は机に向かったまま私の顔を見て、少し驚いたように眉根を上げた。彼は、急いで椅子から立ち上がる。結構背が高いなと、変なところに感心しつつ私は近寄った。

「イマールさん、こんにちは」

「アオイ様、珍しいですね。どうなさいました？」

イマールさんは柔らかな物腰で、持っていた書類を机の上に置いた。そして目を細めて私に微笑みかける。その笑顔がとても温厚で、素敵な紳士だなと改めて思う。

「なにか困りごとでもありましたか？」

「いえ、そうではなくて……」

私が言いよどむと、イマールさんの顔が少し曇った。

「もしやアルフレッド王と何か揉め事でも――」

「違います、イマールさんに用事があったのです」

イマールさんは、どんだけ私と王の関係を心配しているんだ。そりゃ王とは揉めることが多かったけどさ。まあ、そのたびにイマールさんは振り回されて、かなりの疲労感を味わっているので、そう心配するのも当然だろうけど。

だけど、最近は王も暴れない。意地が悪いのは相変わらずだけど、穏やかな時間が流れる時もある。……たまにだけど。

まあ、イマールさんがこんな風に心配するほど、私の訪問が珍しかったということなのだろう。

とりあえず、手短に用件を済ませなくては。イマールさんだって忙しいはずだし。

私は手に持っていたバスケットの中から、赤い包みを選んでイマールさんに差し出した。

「今日、イルミさんの誕生日に贈る焼き菓子を作ったのです。たくさん焼いたので、イマールさんもよかったらどうぞ」

リボンのついた包みを見たイマールさんは、驚いたように目を見張る。そして嬉しげに目を細めた。

「私にもですか？」

「ええ」

「これを作るために、朝からイルミを離したのですね。……ですが、私が頂いてしまうと、彼女の分が減ってしまいませんか？」

「大丈夫です、たくさん作ったので。ぜひ食べて下さい」

大きな手で包みを受け取って、にっこりと笑うイマールさんを見て、私は焦った。

「ありがとうございます。では、後で頂きますね」

「いえ、今食べて欲しいんです。味の感想を知りたいので、お願いします」

なるほどとうなずき、イマールさんは優しく微笑んだ。

「ちょうど、休憩しようと思っていたところです。ありがたく頂きますね」

そう言うとイマールさんは、私にソファに座るように勧めた。

私が腰をかけると、イマールさんも対面に腰かける。それからラッピングを丁寧な仕草で外した。

中から出てきたのは、先程私が作った焼き菓子。私はドキドキしながら彼を見守る。

「では、いただきます」

私が見守る中、イマールさんは行儀よく挨拶（あいさつ）をすると、焼き菓子をパクリと口にした。口に入れた途端、ウッと喉（のど）を詰まらせたような顔をするイマールさん。みるみる顔が赤くなってくる。だけど私の手前、吐き出すことは出来ないみたいだ。

「イマールさん」

私はすっくと立ち上がると、目の前のソファに腰かけ苦しむイマールさんを見下ろす。

「その焼き菓子は、街に行く前に頂いたイマールさんの優しいお気遣いへのお礼ですよ」

街へ出発する前、王が練習でアルと呼んでみろと言っていた時、イマールさんは助けるどころか、『後はお二人で、馬車の中でたくさん練習なされば良いかと思います』なんて提案したのだ。実に爽やかな笑みを浮かべて――

そのおかげで、私はしつこいぐらい王から愛称呼びを練習させられたのだ。最後には恥ずかしさも吹っ飛んでいたわ。

こうして私は、イマールさんへ復讐を誓った。

イマールさん用の焼き菓子には、その気持ちを込めに込めて、激辛ナトルの実をすりつぶして入れたのだ。だからほら、イマールさんへの焼き菓子だけ、赤みが強い。

イマールさんは口の中で燃え狂う焼き菓子と、必死に格闘している。

「間違えました、イマールさん。こっちがイマールさんに渡すぶんでした」

悶絶しているイマールさんへ微笑みかけ、普通の焼き菓子を机の上にそっと置いた。

少しやりすぎたかなと思い、水を入れたグラスを差し出すと、イマールさんはそれを一気に飲み干した。イマールさんは胸ポケットからハンカチを取り出し、自身の額に流れる汗を拭く。

そして、なんとも爽やかな笑みを浮かべた後、にっこりと微笑んだ。

「大変美味しい焼き菓子、ありがとうございました」

そう言う彼の顔は赤く、瞳が潤(うる)んでいた。唇だって少し腫(は)れている。

この状況でも本音を隠して笑顔を見せ、なおかつ美味しいなどという嘘をいけしゃあしゃあと言うとは……やるな、イマールさん。

伊達にあの意地の悪い王の、側近を務めているわけじゃない。

私の中で、侮(あなど)れない人物ＮＯ．２に認定された瞬間だった。もちろん不動のＮＯ．１は王だけども。


それから私は部屋に戻ると、イルミさんを迎える準備を始めた。

皿の上に作った焼き菓子を並べ、花を飾る。紅茶のカートは侍女に持ってきてもらった。

贈り物を用意して準備が整うと、侍女は部屋から退出した。イルミさんと交代するためだ。

やがて、扉がノックされる音が聞こえた。この叩き方はイルミさんだ。私は扉を開けて、彼女を出迎えた。

「アオイ様、ただいま戻りました」

「お帰りなさい」

私は照れながらも、彼女の顔を見つめた。

「イルミさん」

「はい、なんでしょう？」

「あの……ちょっとこっちに来てくれませんか？」

私は隣室へ、彼女を手招きする。そこにあるテーブルの上には、用意された紅茶のセットに焼き菓子。そして先日街で購入した贈り物が置いてある。

イルミさんはしばらく無言のまま、それらを見つめていた。

「これは……？」

どうやら状況がいまいち理解出来ていないようだ。私は、はっきりと告げた。

「イルミさん、お誕生日おめでとうございます」

「えっ⁉　まさか、これを私に？」

日頃は落ち着いた態度を見せるイルミさんが、珍しく大きな声を出している。

「イルミさんにはいつもお世話になっているから、お祝いをしたくて」

「まあ！　なんて素晴らしい贈り物なのでしょう……！　ありがとうございます」

イルミさんは想像以上にすごく喜んでくれた。私も嬉しくなる。

これだよ、この反応が見たいがために頑張ったのだよ、私は！

サプライズは大成功、結果的には大満足だ。王に大きな借りを作ってまで、やった甲斐があった。

「さぁ、イルミさん。まずは座って下さい」

そう言って紅茶を淹れようとする私を、イルミさんが慌てて止める。しばらくお互いが紅茶を淹れると言って譲らなかった。けれども、やっぱり紅茶を淹れるのはイルミさんの方が上手だと思い、彼女にお願いすることにした。

それから、仕事中だと渋るイルミさんを、誕生日だから特別だと言いくるめ、ソファに座ってもらった。二人で紅茶と焼き菓子を囲む。

「美味しいです」

焼き菓子を一口食べて笑顔になるイルミさんを見て、私も口に入れた。

改めて食べてみても、まあまあ悪くない味だと思う。だけど……

「甘みが少なくて、あっさりしすぎちゃった」

「そんなことないですよ。私はこれぐらいでちょうどいいです。もしかして、これを用意するため街まで買いに行ったのですか？」

「そう。街で材料を揃えて、すごく楽しかった」

そういえば、王からの交換条件はいつ言い渡されるんだろう。変なことを言われないといいけれど。

「私のためにそこまでして下さって、ありがとうございます」

「いつもお世話になっているのは私の方だから、今日ぐらいはお礼をしたくて……」

心なしか涙ぐんでいるイルミさんを見て、私もうるっときてしまった。

「この焼き菓子、飽きのこない味で美味しいですわ」

「ありがとう。作り過ぎちゃったから、たくさん食べて欲しいです」

そこでふと、イルミさんが顔を上げた。

「この焼き菓子は、王も召し上がりました？」

私は首を横に振る。

「では、お届けなさったらいかがでしょう？　きっと喜ばれますわ」

でも、私が焼き菓子の話をしても、特に興味もなさそうだった。その時のことを思い出して、私は渋る。

「お忙しい王がアオイ様の頼みを聞き入れ、時間を割いてまで街へ連れて行ってくれたのですもの。楽しみにお待ちになっているのではないでしょうか」

「王は忙しいの？」

「はい。いつもお忙しい方ですが、今の時期は特にです。何しろ生誕祭の前ですから」

そう言われてみれば、一緒に街に行って以来、王の姿を見ていない。

昼に来て私を構っていくことも、夜に訪ねてくることもないのだ。忙しいことは知っていたけれど、まさか私のせいで大幅に時間をつぶしてしまったのだろうか。

「おそらく、いつもよりお疲れだと思いますわ。そんな時は甘い物を召し上がると、疲れが取れると思いますよ」

「……そうですね」

私は悩みながらも返事をした。

「では、今から連絡を取りますわ」

いきなりソファから腰を上げたイルミさんに、慌てる。

「え？　い、今から？」

「ええ、善は急げです」

日持ちする焼き菓子だと、おかみさんから聞いている。だから、今度会った時に渡そうかと考えていたのに。

戸惑っている私を部屋に置き去りにして、イルミさんは扉へと向かう。

「ちょ、ちょっと待って――」

私の呼びかけもむなしく扉がパタリと閉まり、彼女の姿が見えなくなった。

いつも思うのだが、こんな場面でのイルミさんの行動力はすごい。私が悩んでいる間に、さっさと物事を進めるからだ。しかし本当に王に届けに行くの？　今から？　この甘さ控えめの焼き菓子を持って？

「えー……」

あまり気乗りしない私は、思わず不満そうな声を出してしまった。

その時、名案が浮かんだ。そうだ、王が交換条件を言い出す前に、『先日の交換条件の品物をお持ちしました』と笑ってお菓子を差し出そう。先に交換条件の品物を決めてしまうのだ。

私は王に届ける焼き菓子をいくつか選んで、イルミさんを待つ。

しばらくするとイルミさんが戻ってきた。

「夕刻、お迎えが来るそうです」

イルミさんはそう言うと、何かに気付いたかのように私を見て顔を綻(ほころ)ばせた。

「アオイ様、ちょっと動かないで下さいね」

そう言うやいなや、私の髪にそっと触れた。

「髪に粉がついていますわ」

「え？」

「よほど頑張って作られたのでしょうね」

そう言われて自分の格好を見ると、髪だけじゃなく、服にもところどころに粉がついていた。

「時間は早いですが、湯あみの準備をしますね」

こんな時間から贅沢だと思ったけれど、粉にまみれた服を着替えられるし、ちょうどいいかもしれない。私は勧められるまま湯を浴び、服を着替えた。


そろそろ日が暮れる時間になって、部屋に訪問者が来た。イルミさんが出迎えると、そこにいたのはイマールさん。その姿を見た瞬間、嫌な予感がした。

「アオイ様、今から王のもとまでご案内いたします」

イマールさんの張り切った声を聞いて、ますますその予感が強くなる。王のことでイルミさんとイマールさんが絡んでくると、あまりいい思い出がない。

そう思いながらもイマールさんの案内のもと、イルミさんと三人で連れだって歩いた。

そしてたどり着いたのは、王の私室の前。ここは私が下働き時代に、毎日シーツ交換に来ていた場所だ。ここに来るたび、懐かしい気持ちになる。

イマールさんが扉をノックすると、中から入室を許可する王の低い声が聞こえた。

重い扉をイマールさんが開け、中に入るように笑顔で私を促す。

広い部屋の奥にある机に書類を並べ、椅子に腰をかけているのは王だ。王が、私に真っ直ぐ視線を投げてくる。

「こんなところまで来て、どうした」

低い声とその物言いに、私はここまで来たことを瞬時に後悔した。私の返事を待つ王の顔色は、心なしか悪いような気がする。

忙しい王に、わざわざ届けに来るべきではなかったのだ。勢いでここまで来たが、タイミングが悪かった。

「あの、よく考えたら急ぐことでもないので――」

「王、アオイ様からお渡ししたい品物があるそうですよ」

後日にします、そう言いかけた声をイマールさんが遮った。

くっ、イマールさん、空気読めてないの!?

背後にいたイマールさんを振り返れば、笑顔でうなずかれる。唇がほのかに赤く腫れているのは、先程食べた激辛焼き菓子のせいだろう。

そして間髪容れずに、イマールさんの横にいるイルミさんも笑顔で言う。

「さぁ、アオイ様、どうぞ王のお側にお進み下さい」
イ、イルミさんまで……！　二人して私をどうしたいのさ!?
やはりこの二人を組ませるのは危険だ。

「では、あとはお二人の時間をお過ごし下さい」

「私達は外で控えておりますので、失礼します」

この状況で私を見捨てて行くかー!?

そんな叫びは彼らに届かず——いや届いていたのに軽く無視され、二人は仲良く部屋から退出した。扉がパタンと閉まり、部屋には私と王の二人っきりだ。

途方に暮れて突っ立っていたが、そんな暇はないと思い直す。意を決して部屋の中を進み、王へ近づいた。

「これ……」

手に持つ袋を、ずいと王の目前まで差し出した。

「……なんだ」

「交換条件の焼き菓子をお持ちしました」

王はその袋に視線を向けるも、どこか怪しげな物を見る目つきだ。袋を受け取った王は、中を開ける。そして、私が時間をかけて丁寧に包んだ包装を、バリバリと無造作に開けた。

「毒でも入っていそうだな」

「ええ、たーっぷり入れましたよ」

ほら、こっちが珍しく贈り物をしてみれば、この態度だよ。

王の意地悪なんて想定内だ。毒を入れるなんて、そんなことするわけないけれど、意地悪には意地悪で返してやる。

王が開けた袋の中から出てきたのは、三個の焼き菓子だ。

イマールさんにあげた激辛焼き菓子は、冗談でもあげられない。

そう、本音を言えば、イマールさんより、目の前の王に激辛焼き菓子を食べさせたかった。美麗な顔を真っ赤に歪め、咳き込む姿を見て、日頃のお返しだと笑ってやりたい。だけどそれを決行する勇気はないので、想像だけで我慢した。

王は手に取った焼き菓子をしげしげと眺めると、少し考えてから口にした。

「まああだな。甘さが足りん」

王はそう呟(つぶや)いた。くっ！　この肥(こ)えた舌の持ち主め！

しかし文句を言う割には、王は焼き菓子一つを食べ終えた。それを見届けた私は、これ以上王の邪魔をしてはいけないと考え、部屋を立ち去ることにする。

「では失礼しました」

退出しようと踵(きびす)を返せば、急に腕を掴まれた。驚いて振り向けば、王が私の腕を掴んだまま、ソファに視線を投げた。

あ、座れってこと？　その意図を読んでソファに腰かけると、王が隣に座った。かと思いきや、体を倒して、私の膝を枕にして寝そべってきたのだ。

「ゆっくりして行け」

そう言う王が、一番寛(くつろ)いでいるんじゃない！

私の膝の上に頭を乗せて、目を閉じる王は、完全にここで休む気だ。これは、世間でいう『膝枕』なんじゃないだろうか。

「お、重いのですが」

「交換条件だろう」

いや、焼き菓子でチャラにして欲しい。そう言いたいのだが、何も言えず、無言で膝を貸す。

王は目を閉じたまま、呟いた。

「すぐ起きる。それまでの間、膝を貸せ」

すぐってどのぐらい⁉　そう思ったけれども私は大人しく膝を貸すことにした。なぜならいつもより王が、疲れているように見えたからだ。

王の顔をそっと見る。スッと通った鼻筋、薄い唇に、私よりも長いと思われるまつ毛。今、王は完全に無防備な姿をさらしている。

やがて聞こえてきたのは静かな寝息。もしやこの短時間で寝入ってしまったのか？　それだけ疲れているということなのだろう。部屋に入った時に感じた顔色の悪さは、寝不足からきているのかもしれない。後で執務に追われるとわかっていて、王は私のわがままを聞いて街まで連れ出してくれたのだろうか。

眠る王の前髪をそっとかき分けて、その美麗な寝顔を静かに見つめた。

「……本当にわかりにくい」

この人は優しいのか意地悪なのか、いまだに謎な部分が多くある。

せめて、思っていることの半分でも口にしてくれたらいいのに。そう思いながら、王の寝顔を見つめていた。

「……いい加減、起きろ」

どこからか声が聞こえてくる。その低い声は、聞き慣れた王のものだ。だけど眠気に逆らえず、私は瞼を閉じたままでいた。

「……おい」

それでも聞こえ続ける声に、私はうっすらと瞼を開ける。

そして一番に視界に入ってきた美麗な顔。それを見て意識が完全に覚醒した。王が私の膝の上に寝そべっていたのだ。

「え、あ……」

姿勢を正して周囲を見回すと、ここは私の部屋じゃない。だけど記憶にある。ここは——

「この体勢で眠れるとは、ある意味感心だな」

「え」

どうやら私は王に膝枕をしたまま、自分も眠ってしまったらしい。

部屋は薄暗くなって、いつの間にか日が落ちていた。

「お、起こしてくれても……！」

「何度も声をかけた」

王は意地悪く笑いながら、その身を起こした。

「お前は膝枕をするのが好きなのか。あんなに熟睡までして。今後もしてやってもいいぞ」

そう言い、王は私の頬にそっと手を添え、いきなり顔を近づけてきた。

「つ、疲れているのでは？」

「ああ、仮眠を取ったので心配ない」

徐々に近くなる王の吐息。焦って腕で王を押しやれば、その腕を取られる。

「お前も仮眠を取り、疲れが取れただろう。しばし付き合え」

「つ、付き合うってなにを!?」

「交換条件を忘れていないだろう？」

「で、でもあれは、もう払った……！」

焼き菓子だって渡したし、それに膝も貸したよ、私は。

「ああ、街に連れて行ったのが一回で、菓子作りの際、イルミリアを離したので二回だ」

「じゃあ、もう——」

これでチャラのはずでしょ!?　しっかり二回返したはずだ。

「これは利子だな」

そ、そうきたか！

思わぬ返答に目を白黒させていると、私の体を引き寄せた王に顎を掴まれる。

顎を掴んでいた王の指が私の唇にまで移動し、そっとなぞる。

ほんの一瞬、その赤い瞳を和ませた王は、口の端を上げた。

ふと、ムスクとアンバーの混じり合った香りを感じた。それがひどく官能的に感じられて、落ち着かなくなる。気が付けば、口づけを受けていた。

戸惑う私のことなどお構いなしに、激しく王の舌が侵入してくる。全てを貪られるような深い口づけに、苦しくなって顔を背けようとするが、王が私の後ろ頭を大きな手で固定しているのでそれも叶わない。

逃れることの出来ない濃厚な口づけに、思わず腰が引けてしまう。すると王は腰を支えて力を入れてくる。私は苦しくなって王の胸を両手で必死に押した。

王はいったん唇を離した後、私の鎖骨へと口づけを一つ落とす。

それからそのまま首筋に唇を這わされ、背筋を走る感覚に戸惑う。

「お前の体はどこも甘い匂いがする」

私の耳元で囁くように言って、王は静かに笑った。

反射的に身を固くしてしまう私の顎を再び掴むと、美麗な顔を近づけて唇を重ねる。今度はゆっくりと舌を絡めてきた。角度を変えて深く、私の熱を確かめ、味わうように侵入してくる。

しばらく堪能された後、やっと解放された私は、息も絶え絶えになって、王へ抗議の視線を送る。

それを王が鼻で笑う。――これもいつものこと。

「いい加減慣れろ」

「なっ……慣れない」

「では、慣れるまで教えこんでやる」

「いっ、いい！　遠慮……っ」

遠慮しますという言葉の途中で王の唇によって再び塞がれそうになったので、慌てて下を向く。

これ以上は窒息死する、という私の防衛本能だ。

拒否されたことに気付いた王は、少しだけ不機嫌な声色を混ぜて口を開いた。

「交換条件だと言っただろう」

酸素不足の状態に陥った私に、これ以上どうやって払わせる気だ。

王が全身から放つ官能的な雰囲気、かつ情欲的な視線から逃れたい。

「り、利子が高すぎる！」

平常心が保てなくなり、つい声が大きくなって主張した。

そんな私の訴えに、王はクッと口の端で笑う。そして私を軽々と抱きかかえたあと、耳元で囁いた。

「この部屋に来るのも久しぶりだろう。ゆっくり過ごせ」

「無理です、怒られますから！」

女官長にはすぐに戻ると告げ、ここへ来たのだ。部屋に戻らないと、いなくなったと心配されるだろう。そして、女官長に叱られてしまう。そう告げた私を、王が鼻でせせら笑う。

「誰が誰に怒られると言うのだ？」

ああ、そうだ。後宮を取り締まる女官長といえども、王の決定に異は唱えられまい。

してやられた気持ちで唇を噛む。

「最近は椅子で仮眠を取るだけの日々だったが、久しぶりにベッドで眠るとするか。お前の後任のシーツ係も、その方が交換し甲斐があるだろう。良かったな」

「よ、良くないし！」

そんな訴えもむなしく、私は王の広いベッドへと落とされた。圧しかかってくる王の、深い口づけを再び受ける。王が片手で私の胸元のボタンを外す。肌が触れ合うと、急速に熱を帯びてきてしまう。

私の体から力が抜けるのがわかったのか、王がクスリと笑った。

顔を朱色に染めながら文句を言おうと口を開いたものの、また王に塞がれた。いつの間にか部屋に暗闇が落ち始めている。この部屋に訪ねてきたことを後悔したけれど、そんなことを考える余裕など、すぐになくなった――

そして翌日。

まだ薄暗い部屋のベッドで目覚めた私は、ゆっくり体を起こした。いつもの私の部屋じゃないことに違和感を覚えつつも、隣で眠る人物の顔を見る。どうやら深い眠りに落ちているようだ。珍しい。

昨日、王がいつもより疲れていると思ったのは、どうやら私の思い違いだったらしい。なぜなら途中から記憶にない。熱に溶かされるような行為が続いたせいだ。

ああ、王との交換条件は、私の想像以上に高くついた。

そう思いながら昨夜の余韻が残る重い体を、再びベッドへと沈ませた。

隣に眠る王に少しだけ近づくと、その温かさを感じる。

王の静かな寝息が聞こえ、それに耳を傾ける。
私は、そのままゆっくりと瞼を閉じたのだった。

総指揮官と私の事情
大好評連載中！
Roa Fuduki
漫画●文月路亜
Miya Natsume
原作●夏目みや
過保護な美形との
異世界ラブコメ、
待望の
コミカライズ!!
ALPHAPOLIS WEBMANGA
アルファポリスWEB漫画！
他にも面白いコミック、小説など
Webコンテンツが盛り沢山！
無料で読み放題！
今すぐアクセス！
アルファポリス Web漫画
検索

夏目みや（なつめみや）
2012年「トマトリップ」にて出版デビューに至る。コーヒーと甘い物が好物。

イラスト：篁ふみ
http://moira-takamu.com

本書は、「ムーンライトノベルズ」（http://mnlt.syosetu.com/）に掲載されていたものを、改稿のうえ書籍化したものです。

王(おう)と月(つき)2

夏目みや（なつめみや）

2015年5月7日初版発行

編集－羽藤瞳
編集長－塙綾子
発行者－梶本雄介
発行所－株式会社アルファポリス
〒150-6005 東京都渋谷区恵比寿4-20-3 恵比寿ｶﾞｰﾃﾞﾝﾌﾟﾚｲｽﾀﾜｰ5F
TEL 03-6277-1601（営業） 03-6277-1602（編集）
URL http://www.alphapolis.co.jp/
発売元－株式会社星雲社
〒112-0012東京都文京区大塚3-21-10
TEL 03-3947-1021
装丁・本文イラスト－篁ふみ
装丁デザイン－ansyyqdesign
印刷－中央精版印刷株式会社

価格はカバーに表示されてあります。
落丁乱丁の場合はアルファポリスまでご連絡ください。
送料は小社負担でお取り替えします。

ISBN978-4-434-20547-7 C0093